엄마,
우리 힘들 때 시 읽어요

엄마는 시다.
굴곡진 세월을 살아오면서
엄마는 시가 되었다.
이제 우리는 시가 조금씩 보이기 시작하고,
한 해 한 해 연륜을 더해갈수록
시 같은 엄마를 조금씩 닮아갈 것이다.

엄마가 어린 저희에게 동화를 읽어주었던 것처럼
이제는 어린아이가 된 엄마에게 우리가 시를 읽어드립니다.

엄마한테 읽어주는 시와 에세이

엄마,
우리 힘들 때 시 읽어요

송정연·송정림 지음 | 류인선 그림

나무생각

1장

봄에는 과수원으로 오세요

2장

잊어버리세요, 꽃이 잊혀지듯이

3장

엄마는 시다

4장

내가 사는 것은, 다만

우리 어머니는 지금 서귀포의 요양원에 계십니다.

어머니를 요양원에 모시고 온 적이 있는 분은 이 가슴 무너져 내림을 아실 거예요.

혼자 거동하기 힘들어하시고 밤마다 컴컴한 방에서 너무 외로워하셔서 요양원을 찾고 또 찾아 어머니를 그곳에 모시기로 했습니다. 요양원에 어머니를 모셔가던 날, 자식들은 속울음을 울었습니다. 그날 어머니는 우리 손을 꼭 잡고 물었습니다.

"나 괜찮을까? 진짜 괜찮을까?"

떨리는 어머니 손을 잡고 "엄마, 우리 하라는 대로 하시면 돼요. 여기 좋은 데예요. 그리고 우리 자주 올 거니까, 여기 선생님들 말 잘 들으셔야 해요." 했습니다.

어머니는 자식의 말을 무조건 믿습니다. 그래야 우리가 편하다는 것을 잘 아시기 때문입니다. 우리는 어릴 때 어머니 말을 잘 안 들었는데 어머니는 자식 말을 이리도 잘 들으시네요.

그 요양원은 햇살이 도란도란거리고 사람들도 따뜻하고 정겨움이 둥둥 떠다니는 곳이랍니다. 그런데도 어머니를 만나고 오는 길에 우리 자매는 서로 말없이 눈물짓습니다.

미안해요, 엄마. 더 자주 못 와서 미안해요, 엄마.

다하지 못한 말이 가슴을 칩니다.

촛불 같은 나날들……

언제 꺼질지 모르는 유한한 생명에 가슴이 미어집니다.

갈 때마다 어머니에게 시를 읽어드렸더니 참 좋아하셨습니다.

차 한잔 드리고 차를 마시는 동안 시를 읽어드렸습니다.

시에는 영혼을 순수하게 만들어주는 힘이 있나 봅니다.

시를 듣는 어머니는 행복한 미소를 짓고, 우리들이 읽고 남기고 온 시는 어머니 침실 벽에 붙어 어머니를 위로합니다.

어머니에게 시를 읽어드릴 수 있어서, 어머니 손을 잡고, 뺨을 비빌 수 있어서 우리는 행복합니다. 어머니가 안 계신 세상은 정말 무섭습니다. 오래오래 우리 곁에 있어주세요.

우리 어머니 강지하 여사님, 사랑합니다.

어머니는 그 옛날 우리가 어렸을 적에 우리에게 동화책을 읽어
주셨습니다. 이제 우리가 어린아이가 되어버린 어머니에게 시
를 읽어드립니다.
어린 시절의 저는 판타지가 있는 동화를 좋아했습니다.
그러나 인생을 관조하는 연세의 어머니는 시구 하나하나에 삶
의 순간들을 대입시키며, 시를 읽어드리는 동안 미소를 짓고
눈물짓기도 하십니다. 시를 읽어드리면 '아, 좋다, 좋다. 참 좋
다……' 하십니다.

시를 읽어드리는 도중에 가느다란 숨소리를 내며 잠이 들기도
하십니다. 나지막하게 동화 읽어주는 소리에 어린 시절의 제
가 잠이 들었듯이 어머니도 딸의 목소리를 들으며 아이 같은
얼굴로 잠이 듭니다.

시를 읽어드리게 된 것은 어느 날부터입니다.
고향 집에 홀로 계신 어머니에게 우리 자매는 시집을 한 권 가
지고 갔습니다. 일본의 할머니 시인 시바타 도요 씨의 《약해지

지 마》라는 시집이었습니다.

어머니에게 운을 뗐습니다.

"엄마, 이 시를 쓴 시인은 100세가 넘었어요. 이 시인에 비하면
엄마는 새댁이죠."

어머니가 웃었습니다.

"시바타 도요 씨는 98세의 나이에 시인으로 등단하고 99세에
자신의 장례를 위해 모아두었던 돈으로 첫 시집을 출간했대
요. 이 시는 사업에 실패한 자식에게 힘을 내라는 내용인데, 한
번 들어보세요."

시인에 대해 설명을 해드리고 시 한 편을 읽어드렸습니다.

시를 읽어드리니 어머니의 눈시울이 젖어들었습니다.

그 시를 읽어드리는 우리 눈시울도 젖어들었습니다.

어머니와 딸들은 시가 전하는 감동으로 한마음이 되었습니다.

시집을 내려놓고 어머니를 꼬옥 안아드렸습니다.

어머니는 점점 기억을 잃어가십니다.

그런데 자식이 읽어드린 그 시를 다음 날에도 잊어버리지 않고 계셨습니다. 딸이 전날 밤 온 줄도 모르고 아침에 "아이고, 왔니?" 하며 다시 반기셨지만 전날 읽어드린 시의 내용은 잊어버리지 않으셨습니다.

그날부터 저와 언니는 어머니와 함께 있는 날이면 매일 한 편씩 시를 읽어드립니다.
시에 대한 짤막한 설명을 곁들이기도 하고, 옛날 일도 회상하고, 사랑도 표현하고, 아버지 얘기도 하면 어머니는 참 행복해 하십니다.

어머니가 동화를 읽어주실 무렵, 그때의 어머니는 어린 자식인 나를 얼마나 사랑했을까를 떠올리며, 그 사랑 절반의 절반도 못 닿지만 어머니를 사랑하는 마음을 가득 담아서 먹먹해진 가슴으로 시를 읽어드립니다.

이 책은 바로 그 기록들입니다.

어머니에게 이 책 속에 있는 시를 한 편씩 읽어드리길 당신에게도 권합니다. 자식의 마음으로 어머니한테 읽어드리기 좋은 시들만 잘 골랐거든요.

어릴 적 당신의 어머니가 잠들 때까지 옛날이야기를 들려주셨던 것처럼, 지겨운 기색도 지친 내색도 없이 몇 번이고 반복해 같은 동화책을 읽어주셨던 것처럼, 당신도 아이가 되어버린 어머니 앞에서 시를 읽어드리기 바랍니다.

긴긴 인생의 길을 걸어오신 어머니에게 아름다운 시들이 삶의 기쁨을 안겨줄 것입니다. 그리고 당신으로 인해 자식들은 행복했노라는 고백을, 당신의 인생은 훌륭했노라는 위안을 전해 드릴 겁니다.

봄에는 과수원으로 오세요.
빛과 포도주가 있고,
석류꽃에는 향기가 있네요.

당신이 오지 않으면 이런 게 다
무슨 소용 있겠어요.

1장

봄에는 과수원으로 오세요

내 마음에 비가 내리네

_ 폴 베를렌 Paul Verlaine

내 마음에 비가 내리네
도시에 비가 내리듯.
내 마음을 파고드는
이 우울함은 무엇일까?

아, 땅 위에 지붕 위에
조용히 내리는 빗소리
근심에 시달리는 마음에는
아, 비의 노랫소리!

낙담한 이 마음속에
까닭 없이 비가 내리네.
아무런 배신도 없었는데 무엇 때문일까?
이 슬픔에는 아무런 이유도 없네.

이유조차 모를 때
아픔은 가장 큰 법.

사랑도 없고 미움도 없기에

내 마음이 이토록 아픈 것이겠지.

저는 어릴 때부터 유난히 비를 좋아했어요. 눈을 좋아하는 것만큼이나 비를 좋아해요. 빗소리를 들으면 온몸의 세포가 마구 일어나 환성을 지르고 등줄기에 전율이 오지요. 제가 비를 그토록 좋아하는 배경에 엄마가 있는 것 같아요.

엄마는 '비요일'에는 과수원에 안 나가고 집에서 책을 보셨지요. 엄마가 책을 읽으시는 풍경은 우리 가족에게 익숙합니다. 엄마는 책을 읽으시다가 우리가 배고프다고 하면 도넛을 튀겨주시고 빵도 만들어주셨지요. 그때마다 집에 엄마가 있다는 느낌이 그저 좋기만 했습니다.

이 시는 비 오는 날마다 제 입에서 흘러나와요. 비에 대해 시를 쓰려고 해도 이 시만 떠오르고 다른 시를 못 쓰겠어요.

그만큼 이 시가 좋아요.

우산 위에 떨어지는 빗소리도 좋아서 알루미늄으로 만든 우산이 있다면 쓰고 다니고 싶어요. 요즘 저는 손잡이가 두툼한 나무로 된 우산을 자주 써요. 버튼을 살짝 건드리기만 해도 '착' 하는 소리를 내며 펴지는 우산이에요. 마치 "아가씨, 어서 들어오세요!" 하며 초대하는 듯해 공주가 된 듯 우산 속으로 들어간답니다.

어릴 적에 제가 하도 우산을 잃어버리고 다니자 엄마는 우산에 '송정연'이라고 이름을 수놓아 주셨지요. 그 우산조차 잃어버리고 왔는데도 웃어주시던 엄마…….

엄마는 저희들을 혼낸 적이 없었어요.

"혼낼 일이 있어야 혼내지."라며 미소 지으시던 엄마. 외삼촌이 선물한 꽃 그림 그려진 귀한 그릇을 깼는데도 얼굴 한번 찡그리지 않고 다치지 않았으니 다행이라고 하시던 엄마.

올해는 좋은 사람들에게 우산을 선물해야겠어요.

엄마 우산을 가장 멋진 걸로 사드리고 싶은데…….

예전에 우산이나 양산을 선물하면 참 좋아하셨는데, 이제 우산을 쓰고 길으실 수가 없네요. 우리는 아직 엄마의 우산 속에 살고 있는데…… 영원히 그 우산 속에 있고 싶은데…….

빗소리

_주요한

비가 옵니다.
밤은 고요히 깃을 벌리고
비는 뜰 위에 속삭입니다.
몰래 지껄이는 병아리같이.

이지러진 달이 실낱같고
별에서도 봄이 흐를 듯이
따뜻한 바람이 불더니
오늘은 이 어둔 밤을 비가 옵니다.

비가 옵니다.
다정한 손님같이 비가 옵니다.
창을 열고 맞으려 하여도
보이지 않게 속삭이며 비가 옵니다.

비가 옵니다.
뜰 위에, 창밖에, 지붕에

남모를 기쁜 소식을

나의 가슴에 전하는 비가 옵니다.

정
림

비가 오면 두 손가락으로 사각 프레임을 만들어 비 오는 창밖을
내다보곤 해요. 푸른색 물방울이 떨어지는 듯한 거리, 그 풍경을
바라보다 보면 가슴 한구석이 아리는 이유…… 지나간 시간에 대
한 후회일까요, 이루지 못한 사랑에 대한 회한일까요?
비는 저를 옛날로 데려갑니다. 그래서 그날의 노래를, 그날의 목
소리를, 그날의 눈빛을, 그날의 꿈을 만나게 해줍니다.
비 오는 날은 엄마의 휴일이었어요. 월화수목금토일, 모두 엄마
가 일하시는 날이었지만 비가 오는 날이면 엄마는 집에서 바느질
도 하시고 어린 우리를 위해 간식도 만들어주셨지요.
그렇지만 비 오는 날조차 완벽한 휴일은 아니었네요. 집 안의 밀
린 일들을 하셔야 했으니까요.

엄마, 생각나요?

비 오는 날이면 엄마는 처마 밑에 연탄 화덕을 내어놓고 도넛을 튀겨주시곤 했죠. 밀가루 반죽을 저희에게 건네며 "니들 맘대로 모양을 만들어봐라." 하시면 올망졸망 네 자매는 반죽으로 별 모양도 만들고 달 모양도 만들곤 했어요.

빗소리와 기름이 지글지글 끓는 소리가 어쩜 그렇게 잘 어우러졌는지, 빗소리인지 도넛이 익어가는 소리인지 구분이 안 되었어요. 비 내음과 도넛 내음도 하나로 섞여들던 기억…….

어느 비 오는 날에는 도넛을 만들던 엄마가 밖을 하염없이 내다보셨어요. 어린 마음에도 엄마의 그 얼굴이 왜 그렇게 슬퍼 보였던지 괜스레 가슴이 철렁 내려앉았어요.
"비가 참 많이도 오시네……."
쓸쓸했던 엄마의 목소리가 지금도 생각나요.

엄마, 궁금해요.
엄마도 비가 오면 그리움에 가슴이 아리셨나요?
엄마도 비가 오면 보고픔에 마음이 시리셨나요?

엄마를 만나러 가는 길, 언니와 저는 도넛 가게에 들릅니다. 엄마가 좋아하던 도넛이 만들어지는 것을 지켜보는 동안 비 오는 날 엄마가 만들어주시던 도넛 생각이 나서 아무도 모르게 눈물을 닦습니다.

때는 봄

_ 로버트 브라우닝 Robert Browning

때는 봄,

그리고 하루의 아침,

아침 7시

언덕에는 이슬이 진주처럼 맺히고

하늘에는 종달새가 날며

가시나무에는 달팽이가 기어다니고

천국에는 하나님이 계시니—

세상의 모든 것이 평온하구나.

정연

만화영화 〈빨간 머리 앤〉에 이런 대사가 나와요.

"세상에는 좋은 게 딱 한 가지 있어. 그건 앞으로도 봄이 계속 온
다는 사실이야."

사실 저는 봄보다는 겨울을 더 좋아했어요. 실내에서 우리 자매
들이 만화책도 보고 인형 놀이도 하며 마음껏 놀면서 겨울밤을

기다리는 것이 행복했어요.

밤에는 큰오빠가 옛날이야기를 해주었지요. 무서운 옛날이야기를 들으며 군고구마 먹던 그 겨울밤들, 얼마나 즐거웠는지요.

엄마는 단 한 번도 그 즐거운 시간들을 방해하지 않으셨죠.

그러나 긴 겨울이 지나고 봄이 올 때 느낌도 나쁘지 않았어요. 우리 자매들에게 봄은 '이젠 밖에서 놀 때'라는 의미였으니까요.

봄이 오면 우리는 고삐 풀린 망아지처럼, 새로 배터리를 갈아 끼운 장난감처럼 행동 개시에 들어갔지요. 과수원으로 일하러 가는 엄마를 따라가서 들판을 뛰놀기도 했어요.

들판에 핀 꽃 이름 따위에는 관심이 없었어요. 스펀지에 번지는 느낌처럼 조물주가 물감 뿌리듯이 초록빛을 풀어놓은 그 들판을 마구 뛰어다니다 지치면 주저앉아 공기놀이도 했어요.

배고파서 엄마 계신 곳으로 돌아와 보면 엄마는 일하던 것을 잠깐 멈추고 과수원 숙소에서 밥을 짓고 계셨어요. 그 밥이 다 지어지는 동안 우리는 또 놀았어요. "밥 먹어라!" 하는 소리가 들릴 때까지요.

엄마는 우리가 같이 노는 걸 가장 좋아하셨어요. 엄마가 가장

좋아하는 풍경은 우리가 즐겁게 함께 노는 모습이라고도 하셨
죠. 어떻게 그럴 수 있을까요? 엄마가 되어 보니 아무리 해도 엄
마처럼은 할 수 없네요. 그러니 우리 육남매는 '엄마 바보'가 될
수밖에 없답니다.

우리는 엄마라면 무조건 다 제치고 달려가는, 엄마가 0순위인 '엄
마 바보'들이랍니다. 단지 바라는 것은, 엄마에게 봄이 앞으로 열
번, 아니 다섯 번만이라도 더 오게 해달라는 것……
엄마가 없는 봄은 우리에게는 너무나 슬픈 봄이 될 것 같아요. 그
래서 저는 이 시에 한 줄을 더 붙입니다.

　　가시나무에는 달팽이가 기어다니고
　　천국에는 하나님이 계시고
　　엄마가 살아 계시니
　　세상의 모든 것이 평온하구나.

이 봄, 엄마와 함께해서 정말 좋아요.

어머니를 그리워하며 사친(思親)

_ 신사임당

천 리 먼 곳 고향은 만 겹의 봉우리로 막혔으니

언제나 가고 싶어 꿈을 꿉니다.

한송정 언덕에 외로운 보름달 뜨고

경포대 앞으로 한바탕 바람이 불어옵니다.

모래톱에 갈매기는 모였다가는 흩어지고

항구의 고깃배들 동서로 오고 갑니다.

언제 다시 가나요, 내 고향 강릉길.

언제 다시 색동옷 입고 슬하에서 바느질할까요.

千里家山萬疊峯 천리가산만첩봉

歸心長在夢魂中 귀심장재몽혼중

寒松亭畔孤輪月 한송정반고륜월

鏡浦臺前一陣風 경포대전일진풍

沙上白鷗恒聚散 사상백구항취산

海門漁艇任西東 해문어정임서동

何時重踏臨瀛路 하시중답임영로

更着斑衣膝下縫 경착반의슬하봉

정 림

엄마, 신사임당은 혼인을 하고 처음에는 친정집에서 살았는데, 그 후 시댁이 있는 서울로 올라가야 했대요. 강릉임영에 어머니를 두고 가는 발걸음이 얼마나 무거웠을까요.

> 백발의 어머님 임영에 두고
> 홀로 서울 가는 이 마음
> 돌아보니 북촌은 아득도 한데
> 흰 구름만 저문 산을 날아내리네

〈어머니를 그리워하며〉에 서울에서 어머니를 그리워하는 마음을 담았다면, 이 시 〈읍별자모泣別慈母〉에는 서울로 가는 길에 몇 번이고 고향을 뒤돌아보는 모습이 나와요. 신사임당의 마음이 만져질 듯 생생히 와 닿아요. 저도 엄마를 뵙고 서울로 돌아서는 마음이 늘 이렇거든요.

신사임당은 자식을 훌륭히 키운 어머니였지만 그녀 역시 어머니를 그리워하며 이렇듯 여러 편의 시를 남겼어요. 엄마도 우리를 길러내면서 얼마나 어머니가 그리우셨을까요? 아내로, 며느리로, 어머니로, 할머니로 살아가시는 동안 얼마나 어머니가 그리우셨을까요? 애창곡 〈고향의 봄〉을 부르는 엄마의 얼굴에는 옛날 어린 시절에 대한 그리움과 애수가 가득합니다.

외할머니는 제가 어릴 때 돌아가셨지만 저는 그 모습을 뚜렷하게 기억할 수 있어요. 왜냐하면 엄마가 외할머니를 쏙 빼닮으셨잖아요. 하얀 피부, 큰 눈, 긴 목, 가녀린 몸……. 가랑잎 같던 외할머니 모습은 지금의 엄마 모습 그대로셨어요.

지명, 지휘, 지초, 지홉……, 그리고 엄마 지하. 남자 형제 많은 집에서 외동딸로 태어난 엄마는 부모님의 사랑을 듬뿍 받고 자라셨지요.
외할아버지와 외할머니는 외삼촌들을 웬만해서는 혼내지 않으셨지만 딱 하나, 외동딸인 지하(엄마)를 울리거나 지하 책을 빼앗으면 혼내셨다고 해요. 엄마가 워낙 순하니까 외삼촌들은 엄마를 놀리는 게 재밌고, 엄마가 울면 외할머니는 "지하 왜 울리냐?"고 혼내셨다죠.
엄마는 종종 어린 시절을 떠올리며 외삼촌들을 그리워하셨어요. 어린 시절 외삼촌들과 지냈던 얘기를 들려주실 때의 엄마 얼굴은 소녀처럼 해맑아요.

저도 자식을 키우면서 이렇게 엄마가 그리워요. 엄마의 꿈속에는 종종 외할머니가 등장하지 않으실까 생각해 봅니다. 요즘 저의 꿈속에 밤마다 엄마가 찾아와 주시는 것처럼…….

꽃밭의 독백 사소단장(娑蘇斷章)

_ 서정주

노래가 낫기는 그 중 나아도

구름까지 갔다간 되돌아오고,

네 발굽을 쳐 달려간 말은

바닷가에 가 멎어버렸다.

활로 잡은 산돼지, 매로 잡은 산새들에도

이제는 벌써 입맛을 잃었다.

꽃아, 아침마다 개벽하는 꽃아.

네가 좋기는 제일 좋아도,

물낯바닥에 얼굴이나 비취는

혜엄도 모르는 아이와 같이

나는 네 닫힌 문에 기대 섰을 뿐이다.

문 열어라 꽃아, 문 열어라 꽃아.

벼락과 해일만이 길일지라도

문 열어라 꽃아, 문 열어라 꽃아.

봄이 오지 않은 공원의 아직 피어나지 않은 꽃 앞에서 시인처럼
이렇게 외쳤어요.

"문 열어라 꽃아, 문 열어라 꽃아."

근처에 지나가던 사람들이 이상한 여자인 줄 알고 비켜가더라고
요, 하하.

꽃이 피어나면 정말 문이 열리는 것 같아요. 행복의 문 말이에요.

엄마가 그러셨죠. 세상의 꽃 중에 가장 예쁜 꽃은 새싹이라고. 나
무에 새싹이 돋아 연초록으로 살랑거릴 때 엄마는 그걸 '연두꽃'
이라고 하셨어요.

"젊어서는 바빠서 못 보던 나뭇잎들이 이젠 참 예쁘게 보여. 이제
야 봄이 좋아."

젊어서의 봄은 엄마에게 농사일을 시작하는 시즌이었어요. 일을
다 놓고 나니 이제 비로소 봄이 보인다던 엄마.

언젠가 김창완 씨가 봄을 맞으면서 직접 써서 방송한 오프닝 멘
트가 생각나요. 학창 시절 도화지에 봄을 표현하려고 초록색을
칠하는데, 그게 너무 힘들더래요. 그래서 도시락의 밥풀을 도화
지에 붙인 다음 잔디를 뜯어 붙여서 완성했답니다.

정
연

그날 김창완 씨는 깨달았다고 해요. 도화지 한 장을 초록색으로 메꾸는 게 그렇게 힘들다는 것을요. 그런데 조물주는 한순간에 삼라만상을 초록으로 물들이시니 '어메이징'하다는 거죠.

단풍놀이 가듯이 이젠 신록놀이도 생기지 않을까요? 신록이 무성한 숲으로 가서 피톤치드를 흡입하며 봄의 정령들과 왈츠를 추고 오는 신록놀이.

다가오는 봄에는 엄마를 요양원에서 모시고 나와서 신록놀이, 벚꽃놀이 한번 다녀올 수 있을까요? 휠체어에 앉으신 엄마와 나란히 앉아서 봄꽃을 볼 수 있기를 꿈꿔 봅니다.

복종

_ 한용운

남들은 자유를 사랑한다지마는
나는 복종을 좋아하여요.
자유를 모르는 것은 아니지만
당신에게는 복종만 하고 싶어요.
복종하고 싶은데 복종하는 것은
아름다운 자유보나도 달콤합니다.
그것이 나의 행복입니다.

그러나 당신이 나더러 다른 사람을 복종하라면
그것만은 복종할 수가 없습니다.
다른 사람을 복종하려면
당신에게 복종할 수 없는 까닭입니다.

한용운의 시에서 '당신'은 조국이기도 하고 절대자라고도 해요.
그러나 저는 그냥 사랑하는 사람이라고 생각해 버릴래요.
우리 육남매를 키우는 동안 엄마는 언제나 아버지에게 복종하셨
어요. 그리고 우리 자식들도 아버지에게 언제나 복종했지요.
아버지의 카리스마는 대단하셨어요. 엄마가 "밥 먹어라!" 소리를
수십 번 해도 노느라 정신없었지만 퇴근하는 아버지의 헛기침 소
리에 후다닥 손 씻고 밥상 앞에 앉았어요. 아버지의 발자국 소리
가 회초리였고, 헛기침 소리가 기상나팔이었죠.

사실 엄마와 아버지의 자녀 교육관은 많이 달랐어요. 엄마가 무
한한 사랑을 퍼붓는 타입이라면 아버지는 엄격하고 단호하셨지
요. 그런데 단 한 번도 충돌하지 않으셨어요.
엄마는 아버지에게 복종했지만 또 조용히 아버지를 복종시키셨
어요. 2남 4녀를 키우느라 가지 많은 나무에 바람 잘 날 없었지만
두 분은 서로가 서로의 방식으로 복종하며 사셨지요. 그러니 복
종은 사랑의 다른 이름이 아닐까요?
자유보다 더 달콤한, 자유보다 더 자유로운 복종이 분명히 있다
는 사실을 두 분의 모습에서 깨닫습니다.

옛날

_ 김억

잃어진 그 옛날이 하도 그리워
무심히 저녁 하늘 쳐다봅니다.
실낱같은 초순初旬달 혼자 돌다가
고요히 꿈결처럼 스러집니다.

실낱같은 초순달 하늘 돌다가
고요히 꿈결처럼 스러지길래
잃어진 그 옛날이 못내 그리워
다시금 이내 맘은 한숨 쉽니다.

정연

가끔 촌철살인의 유머로 우리 모두를 웃게 만들지만 평소 엄마는
말수가 참 없으시죠. 그런데 요즘 특히 더 말이 없어지셨어요.
저는 그 이유를 알 것 같아요. 엄마가 건망증이 심해져 혹시 이름
을 말했다가 틀릴까 봐, 맞는 얘기가 아닐까 봐, 그래서 더 말씀을
안 하시는 거죠! 자존심 때문이 아니라 엄마가 틀리면 우리가 슬

퍼할까 봐서요.

이제는 그러지 않아도 돼요. 엄마는 충분히 깨끗하고 단정하게 살아오셨잖아요. 마음 놓고 좀 틀려서도 괜찮아요.

그래요, 지금부터는 가까운 얘기 말고, 먼 옛날 얘기 많이 나눠요. 요즘 엄마는 가까운 일보다는 옛날 일을 더 기억하시니까요.

예전에 우리 네 자매가 뛰놀다가 목욕하던 때가 있었어요. 그러면 엄마는 언니부터 차례대로 씻겨주셨어요. 어떤 날은 제가 떼를 쓰기도 했지요.

"내가 언니인데 왜 정림이부터 씻겨요?"

그럴 때면 엄마는 웃기만 하면서 제 말대로 얼른 바꿔서 씻겨주셨지요. 나보다 정림이가 키도 크고 몸집도 크니까 종종 목욕시킬 때 차례를 헷갈려 하곤 했어요. 잃어버린 그 시간이 그리워서 시인처럼 못내 한숨이 나오네요.

엄마가 처음으로 서울에서 길을 잃었을 때가 생각나요. 여의도 네거리에서 갑자기 눈앞이 하얗게 되면서 길을 잃으셨지요. 우리는 미친 듯이 찾아다녔어요. 파출소에 계시던 엄마가 경찰에게 적어서 내밀었다는 메모를 기억합니다. 거기에는 큰오빠의 집 전화번호가 쓰여 있었지요. 서울 딸네 집에 오서서도 제주도 사는 큰아들을 마음에 두고 계셨나 봐요.

그리고 작은오빠만 보면 "용철아!" 하고 울먹이시지요. 엄마를 가장 가까이서 가장 오래 돌봐온 작은오빠, 쓰러져서 병원에 실려 가는 순간에도 엄마 걱정만 했던 작은오빠…….
엄마는 작은오빠를 항상 애틋해합니다. 작은오빠를 보면 눈물부터 고이시죠. 얼마나 좋으면 저러실까 생각하며 그 마음의 온도에 따스해진답니다.

엄마에게 큰오빠는 첫사랑이요, 작은오빠는 애틋한 사랑이요, 우리 딸들은 그저 귀여운 사랑이지요.

세월이 가면

_박인환

지금 그 사람의 이름은 잊었지만

그의 눈동자 입술은

내 가슴에 있어.

바람이 불고

비가 올 때도

나는 저 유리창 밖

가로등 그늘의 밤을 잊지 못하지.

사랑은 가고

과거는 남는 것

여름날의 호숫가 가을의 공원

그 벤치 위에

나뭇잎은 떨어지고

나뭇잎은 흙이 되고

나뭇잎에 덮여서

우리들 사랑이 사라진다 해도

지금 그 사람 이름은 잊었지만
그의 눈동자 입술은
내 가슴에 있어.
내 서늘한 가슴에 있건만.

아버지는 감기에 걸려 진찰해 본다고 병원에 가셨다가…… 다시
는 집에 돌아오지 못하셨어요. 고작 감기 때문에…….
아버지가 그렇게 갑자기 돌아가시고 난 후 엄마는 아버지 신발만
품에 안고 돌아와야 했죠. 홀로 남겨진 엄마는 아버지 사진을 하
염없이 보면서 아버지를 그리워하셨어요.
그러던 어느 날 엄마는 노래를 부르셨어요. 제가 한 번도 들어본
적 없는 노래였어요.

정
림

해가 뜨면 오신다던 당신,
해가 져도 왜 안 오시나요.

"그게 무슨 노래예요?"라고 여쭤보니 엄마가 대답하셨지요.

"있는 노래만 부르니? 내가 지은 노래다."

엄마 마음 안에 쌓이고 쌓인 그리움이 노래가 되어 터져 나온 것
이었겠지요.

엄마, 아버지가 안 계신다고 너무 슬퍼하지 마세요. 사랑은 과거
형이 아니에요. 가슴에 사랑하던 그 순간들이 살아 있다면 사랑
은 언제나 현재형이에요. 비록 이별을 했다고 해도…….

이별이 슬픈 것만은 아니에요. 다만 애틋한 것일 뿐이에요.

감각

_아르튀르 랭보 Arthur Rimbaud

푸른빛의 여름날 저녁, 나는 오솔길을 걸어가리라

밀 잎에 찔리고 잔풀을 밟으며

꿈을 꾸는 사람, 내 발밑에서 잔풀의 싱그러움을 느끼고

바람이 내 맨머리를 적시도록 하리라

아무 말도 않고 아무 생각도 않으리라

하지만 무한한 사랑이 내 마음에서 용솟음치리라

나는 멀리, 아주 멀리 가리라. 보헤미안처럼

자연의 손에 끌려, 여인과 함께하듯 행복하게.

기억나세요? 랭보의 이 시는 저의 대학 시절, 엄마가 서울 다니러 오셨을 때 제가 번역해서 들려드렸던 시예요. 그때 불어를 교양 과목으로 듣고 있었는데, 이 시 번역한 것을 불어 시험지 뒷장에 적어서 A+를 받은 기억도 나요.

그때 엄마와 경복궁에도 같이 갔는데 제가 머리 아프다고 해서 엄마가 걱정을 많이 하셨지요. 아이 낳아 길러 보니 아이가 아프다고 할 때 부모는 가장 속상한데, 저는 그때도 철이 없었네요.

그날 사진을 보면 엄마가 참 젊고 예뻐요. 그리고 너무 가슴이 아려요. 엄마의 세월을 꼭 묶어두고 싶어요. 너무 그리워서요.

우리가 고향에 다니러 갔다가 서울로 와버리고 나면 엄마는 우리를 배웅하고 나서 바로 집에 들어가기 싫다고 동네를 몇 바퀴 돌다 들어간다고 하셨지요. 우리가 없는 집으로 바로 들어가는 게 그렇게 쓸쓸하셨던 거지요.

아이의 인생에 부모님은 어쩌면 지나가는 행인 1, 2에 불과할지도 모르겠어요. 메인 캐스팅은 아닐 거예요. 그런데 그거 아세요? 엄마는 예외예요. 제 인생의 메인 캐스팅, 중요한 인물이랍니다.

예전엔 미처 몰랐어요

_ 김소월

봄가을 없이 밤마다 돋는 달도
'예전엔 미처 몰랐어요.'

이렇게 사무치게 그리울 줄도
'예전엔 미처 몰랐어요.'

달이 암만 밝아도 쳐다볼 줄을
'예전엔 미처 몰랐어요.'

이제금 저 달이 설움인 줄은
'예전엔 미처 몰랐어요.'

엄마, 고기 안 좋아하신다면서요?

그런데 갈비 잘만 드시네, 뭐.

엄마, 평생 입을 옷 다 있다고 다시는 사오지 말라면서요?

그런데 화사한 새 옷 입고 해맑게 웃으시네, 뭐.

엄마, 손이 원래부터 거칠었다면서요?

그런데 이제 일손 놓으니 엄마 손이 이렇게 부드럽네, 뭐.

엄마가 좋아하시는 것을 저는 아직도 잘 모르겠어요. 아무리 물어도 그저 우리 자식들만 좋다 하시니…… 정말 모르겠어요. 이제라도 말해주세요. 엄마가 좋아하시는 게 뭔지, 갖고 싶은 게 뭔지……. 제가 가진 거 다 팔아서라도 사드리고 싶어요.

엄마도 좋아하시는 게 있을 거라는 사실조차 너무 늦게 알아서…… 정말 죄송해요, 엄마.

서시 序詩
_ 윤동주

죽는 날까지 하늘을 우러러

한 점 부끄럼이 없기를,

잎새에 이는 바람에도

나는 괴로워했다.

별을 노래하는 마음으로

모든 죽어가는 것을 사랑해야지.

그리고 나한테 주어진 길을

걸어가야겠다.

오늘 밤에도 별이 바람에 스치운다.

정연

엄마, 과일 가게 앞에서 제가 감을 보면서 잠시 멈춰 서 있었나 봐
요. 아들 창현이가 옆에서 그러더라고요.
"엄마, 지금 감 보면서 외할머니 생각하는 거 맞죠?"
엄마는 홍시를 좋아하시잖아요. 그러니 홍시를 보면 걸음이 안

떼어집니다. 그런 저의 마음이 어린 아들 눈에도 보였나 봐요. 엄마와 저의 사이에는 늘 이렇게 그리움의 간격이 존재해요. 비행기나 배를 타지 않으면 볼 수 없는 엄마…….
어른이 될 때까지 같이 살았다면 좀 지겨웠을까요? 고등학교 때부터 떨어져 살아서 그럴까요? 늘 애틋하고 간절합니다.

읽어드릴 때마다 엄마가 유난히 좋아하시는 윤동주의 시입니다. 엄마는 특히 '나한테 주어진 길을 걸어가야겠다'는 마무리 시구를 좋아하시죠.
사람마다 주어진 길, 인생의 배역이라는 게 있다고 하죠.
저는 접시돌리기 명수가 되어야 하는 게 배역인가 봐요. 접시 다섯 개쯤을 동시에 돌리며 살아요. 그중 하나라도 놓치면 안 돼요. 어머니라는 접시, 아내라는 접시, 자식이라는 접시, 며느리라는 접시, 작가라는 접시. 동시에 접시돌리기를 하느라 고개가 아플 때도 있어요. 순간 방심해서도 안 되지요. 어느 것 하나만 줄어도 살 것 같은데 그럴 수도 없어요.
그러나 접시돌리기는 억지로 하면 그중 하나가 깨져요. 이왕 돌릴 거 즐겁게 돌려야 한답니다.
언젠가 접시를 하나하나 내려놓으면서 '아, 편하다…….' 하는 순간이 오겠지만, 그때는 어쩌면 마냥 힘들게 접시돌리기를 하던 이때가 그리워질지도 모릅니다.

접시를 여러 개 돌리고 있다는 것은, 지금이 내 인생의 전성기라는 의미겠죠?

엄마, 이렇게 제가 긍정적이에요. 엄마를 닮아서요. 한숨 대신 함성으로, 걱정 대신 열정으로, 포기 대신 죽기 살기로 살고 싶은 것은 바로 엄마의 딸이기 때문입니다.

윈스턴 처칠이 그랬잖아요.

"나로 말할 것 같으면 긍정주의자인데, 다른 주의자가 돼봤자 별 쓸모가 없을 것 같기 때문이다."

저도 그렇답니다.

봄에는 과수원으로 오세요

_ 잘랄루딘 루미 Jalal ad-Din Rumi

봄에는 과수원으로 오세요.
빛과 포도주가 있고,
석류꽃에는 향기가 있네요.

당신이 오지 않으면 이런 게 다
무슨 소용 있겠어요.

당신이 오신다면 이런 게 다
무슨 소용이겠어요?

정
립

모임에 나가면 저는 종종 먼 옛날 페르시아의 시인이 쓴 이 시를
낭송하곤 해요. 외우기 쉽고 의미도 좋아서요.
봄의 과수원에는 아름다운 것들이 잔뜩 있겠지요. 그런데 그 사
람이 오지 않으면 꽃은 시들 거예요. 촛불은 서글프게 흔들리고,
술은 쓰디쓸 거예요.

그 사람이 오면 꽃은 더 화사하고 촛불은 로맨틱하고 술은 더 달
콤하겠죠. 하지만 그 사람 자체가 내 인생의 축제인데, 다른 것들
이 다 무슨 소용 있겠어요?

엄마에게 봄의 과수원은, 언제나 우리를 기다리셨던 집이었겠지
요. 자식들 모두 객지에 보내놓고 언제나 우리를 기다렸을 엄마
를 생각해요.
"뭐 사갈까요?"라고 물으면 "너만 오면 된다."고 하시던 엄마 말
씀이 빈말만은 아니었나 봐요.

자식들이 다녀갈 때면 엄마는 우리가 탄 차가 다 사라질 때까지
그곳에 서서 손을 흔들곤 하셨지요. 그러면 우리는 택시 차창으
로 엄마가 한 점으로 사라질 때까지 보고 또 보고……
우리를 기다리다가…… 우리를 보내다가…… 엄마의 가슴은 그
렇게 평생 스산한 바람이 불었을 거 같아요.
바삐 사는 자식들을 기다리는 엄마의 가슴, 엄마가 우리를 기다
렸을 그 봄의 과수원이 내내 쓸쓸했을 것 같아서 마음이 많이 아
파요.

성공

_ 랠프 월도 에머슨 Ralph Waldo Emerson

자주 많이 웃는 것.

총명한 사람에게 존경받고

아이들에게 사랑받는 것.

정직한 평론가에게 인정받고

거짓된 친구의 배신을 견뎌내는 것.

아름다움을 식별할 줄 알고

다른 사람의 장점을 찾아내는 것.

건강한 아이를 낳든

작은 정원을 가꾸든

사회적 조건을 개선하든

세상을 조금이나마 더 좋은 곳으로 만드는 것.

당신이 살았다는 이유로

한 사람이라도 더 편히 살았다는 사실을 아는 것.

이런 삶이면 성공한 삶이리라.

〈봉숙이〉를 부른 그룹 장미여관의 보컬인 육중완 씨가 예능 프로
그램에 나와서 한 말이 기억납니다. 남자는 모을 줄 알아야 하고,
쓸 줄 알아야 하고, 그리고 벌 줄 알아야 한다고, 그것이 곧 남자
의 성공이라고.

성공이란 무엇일까요?
혹자는 우스개로 말합니다. 어릴 때 성공이란 내가 다른 형제보
다 공부 잘하는 것이고, 어른의 성공이란 내가 내 여동생의 남편
보다 많이 버는 것이라고. 성공은 결국 남과 비교해서 내가 더 나
은 것이라는 말이지요.
어떤 이는 인생에 성공이란 없다고 합니다. 되풀이되는 실패의
과정이 곧 인생이고, 그 과정을 인내하는 것이 곧 성공이라는 것
입니다.
성공이란 높은 자리에 올라가는 게 아니라 높은 자리에 오른 뒤
그걸 나누는 것이라고도 합니다. 돈을 많이 번 뒤에 그것을 나를
위해서 쓰는 게 아니라 이 시대 사람들을 위해서 쓰는 것, 그게 성
공의 완성이라는 얘기도 솔깃합니다.

이 시에서 에머슨이 명쾌하게 정리를 해주네요. 단 한 사람의 인

생이라도 행복하게 만들어주는 것, 바로 그것이 진정한 성공이라는 것을요.

미국의 철학자이자 시인인 에머슨1803~1882은 10년 동안 도망 노예를 숨겨주고, 공개적으로 노예제도 폐지를 주장했던 개념 있는 시인이랍니다. 그래서 이 시가 더 설득력 있게 다가오네요.

자나 깨나 앉으나 서나

_ 김소월

자나 깨나 앉으나 서나
그림자 같은 벗 하나 있었습니다.

그러나, 우리는 얼마나 많은 세월을
쓸데없는 괴로움으로만 보내었겠습니까!

오늘은 또다시, 당신의 가슴속, 속 모를 곳을
울면서 나는 휘저어버리고 떠납니다그려.

허수한 맘, 둘 곳 없는 심사에 쓰라린 가슴은
그것이 사랑, 사랑이던 줄이 아니도 잊힙니다.

정
림

낡은 가족사진을 들여다봅니다. 우리 가족이 바닷가에 놀러가 찍
은 사진입니다. 우리 네 자매는 수영복을 입은 채 빵을 먹으며 깔
깔 웃고 있고, 엄마는 우리 네 자매를 사랑스럽게 보며 음료수를
건네고 있지요.

가족사진 속의 엄마는 참 젊고 예뻐요. 엄마의 그 꽃다운 나이는 우리 자식들에게 와서 거름이 되어 까맣게 타들어갔습니다. 자나 깨나 앉으나 서나 자식들 걱정하며 그림자처럼 살아오신 엄마. 빛바랜 가족사진 속으로 돌아갈 수 있다면 엄마와 여행도 가고, 엄마와 노래도 더 많이 부르고, 엄마와 공연도 가고 싶어요. 엄마와 함께 못해 본 게 너무 많아 가슴이 아려요. 만약 그때로 돌아간다면, 엄마 속상하게 만들 일은 절대 안 하고 싶어요.

사춘기 시절, 엄마를 속 썩이는 유일한 방법은 밥을 안 먹는 것이었죠. 왜냐하면 엄마는 자식들이 그저 건강하기만을 바라는 분이셨거든요. 공부를 못하는 것은 불효가 되지 않았어요. 놀기를 너무 좋아하는 것도 불효가 되지 않았어요. 다른 그 어떤 것도 엄마한테 반항의 요소가 되지 못했어요. 그런데 밥을 안 먹으면 엄마는 정말 속상해하셨죠.
"첫 숟가락만 떠봐. 그럼 먹게 된다."
숟가락을 쥐여주시며 밥을 먹으라고 하시던 엄마.
사춘기 시절 이유 없는 반항심에 아침밥을 안 먹고 도시락도 놔둔 채 학교에 간 적이 있어요. 첫 수업 시간이 끝날 무렵, 지각한 친구 하나가 저에게 그러더군요.

"니네 엄마 교문에 계시더라. 너 불러달래."

나가 보니 엄마가 도시락 두 개를 손에 들고 애타게 저를 기다리고 계셨어요. 딸이 한 끼 굶는 게 마음 아파 도시락을 들고 학교 앞에서 서성거리신 엄마. 도시락을 받으며 짜증 부리는 저에게 엄마는 말씀하셨지요.

"네가 밥을 안 먹으면 내가 어떻게 일을 하니? 엄마 봐서라도 밥 먹고 공부해. 응?"

엄마의 그때 그 말씀을 이제 제가 엄마에게 늘 하네요.

"자식을 봐서라도 식사 좀 하세요. 큰오빠 생각하며 한 술, 작은 오빠 생각하며 한 술, 큰언니 생각하며 한 술, 정연 언니 생각하며 한 술, 저 생각하며 한 술, 막내 생각하며 한 술. 자식 생각하며 한 술씩 뜨면 벌써 여섯 숟가락이잖아요."

엄마가 저에게 그러셨듯 저도 엄마에게 아무것도 더 바라는 게 없어요. 그저 식사 잘 하시고 건강만 해주세요.

한때 황금빛으로 노래하던 모닥불이 잊혀지듯이

잊어버리세요, 영원히 영원히

2장

잊어버리세요,
꽃이 잊혀지듯이

초원의 빛

_ 윌리엄 워즈워스 William Wordsworth

한때는 환히 빛나던

광채였지만

이제는 내 눈앞에서 영원히 사라져버렸네

초원의 빛이여,

꽃의 영광이여,

시간을 되살릴 수 없다 해도

우리는 슬퍼하지 않으리라

강한 힘을 찾을 테니,

뒤에 남겨진 것에서,

이제까지 있었고 앞으로도 영원히 존재할

공감하는 원초적 마음에서,

인간이 고통받는 와중에도

고통을 달래려는 생각에서,

죽음을 두렵게 생각하지 않는 믿음에서,

철학적인 마음을 안겨주는 세월에서.

정연

이 시를 읽으면 저는 눈가가 젖어요. 중학교 시절, 동백꽃이 처연하게 떨어지고 나면 봄이 바로 기습하듯 시작되었지요. 이파리마다 반드르르 동백기름 바른 듯 초록빛 윤이 나기 시작하면 저는 큰오빠의 책장에 꽂힌 그득한 책들 중에 윌리엄 워즈워스의 시들을 집어들었어요.

오빠들의 다락방은 우리 자매들의 문학 창고였지요. 시집과 소설책들이 가득했고, 오빠들이 써놓은 원고 더미도 수북이 쌓여 있던 곳, 오빠들이 듣는 음반들이 가득했던 곳. 그곳에서 시집 하나를 들어서 페이지를 열면 시어詩語들이 하늘로 치솟아 나에게 한 음절 한 음절 떨어지곤 했어요.

우리 과수원으로 가던 길, 그 초록이 몸부림치던 들판에 서서 이게 내 청춘의 한복판이려니 여겼습니다.

나비가 날갯짓하며 지나가고, 쪼로롱쪼로롱 이름 모를 새들과 어울리며 꿈을 꾸던 나의 중학교 시절, 그 시절을 떠올리면 심장에 고춧가루 뿌린 듯 시큰해져요. 감성의 결은 엄마를 닮았나 봐요. 중학교 때 햇실 한 조각에도 흐느껴지던 그 순간들을 기억의 화병에 담고 싶네요.

지금 나의 시간은 인생 시계의 몇 시일까요? 오후가 분명한데, 지

루한 오후라면 나는 뭘 하고 있어야 할까요?
엄마를 만나고 돌아오면서 시 몇 줄을 씁니다.

　　사랑하는 사람은 길게 잠들지 못한다
　　새벽 세 시에 눈을 뜬다
　　오후 세 시에 기를 보하다.
　　생의 오후 세 시.
　　정오는 지나고
　　아직 저녁은 아니고
　　시계추는 부지런히 움직이는데
　　생의 오후 세 시에 무엇을 마셔야
　　어느 언덕을 오르고 있어야 하는가.

잊어버리세요

_ 세라 티즈데일 Sara Teasdale

잊어버리세요, 꽃이 잊혀지듯이
한때 황금빛으로 노래하던 모닥불이 잊혀지듯이
잊어버리세요, 영원히 영원히
시간은 자상한 친구, 우리를 늙어가게 하니까요.

누군가 묻는다면 벌써 잊었다고 대답하세요
오래전에 오래전에
꽃처럼, 모닥불처럼, 오래전에 잊혀진
눈밭을 살짝 밟던 발자국처럼.

엄마는 항상 이부자리에 정성을 많이 쏟으셨죠. 기억나는 한 가지
는 큰 바늘로 하얀 이불깃을 꿰매고 있는 엄마의 모습이에요.
엄마가 이불깃을 갈아주시면 그날은 이불이 특히 뽀송뽀송하고
향기로웠지요. 그 이불을 덮고 자면 그날 밤에는 유난히 잠이 달
콤했고요.
제가 결혼할 때에도 엄마는 이불을 손수 만들어주셨지요. 그러면
서 제게 당부하셨어요.
"잠을 잘 때 덮고 자는 이불은 늘 정결하게 해야 한다. 그래야 잠
이 편안하고 그래야 하루가 편안한 거야."

기억은 이불 같아요. 안 좋은 기억은 눅눅해서 덮고 있으면 기분
이 안 좋지만 행복한 기억은 뽀송뽀송한 이불처럼 향기롭고 편안
하지요.

엄마, 살아오는 동안 안 좋았던 기억은 다 잊어버리세요. 안 좋았
던 그 시간은 빛이 많이 들어간 필름처럼 다 희미해졌기를, 그래
서 하얀 홑이불 같은 영상만 간직해서 엄마의 마음이 언제나 따
뜻하기를 바랍니다.

술의 노래

_ 윌리엄 버틀러 에이츠William Butler Yeats

술은 입으로 들어오고
사랑은 눈으로 들어오네
우리가 늙어 죽기 전까지
확실히 알게 되는 것은 이것이 전부.
나는 술잔을 들어 입에 가져가며
그대를 바라보고는 한숨짓네.

정
연

이 시는 제 애송시 중의 애송시예요. 술잔을 들 때마다 이 시를 읊
게 돼요. 이 시를 보면 누군가를 사랑하는 남자의 한숨 어린 술잔
이 떠올라요.
이 시는 아일랜드의 노벨문학상 수상자인 예이츠1865~1939가 쓴
시랍니다. 예이츠는 모드 곤Maud Gonne이라는 여자를 오래 짝사
랑하면서 불후의 명시들을 쓸 수 있었대요.
1889년 한 미모의 젊은 여성이 아일랜드 독립운동 지도자의 서
신을 들고 변호사인 예이츠의 아버지를 방문했는데, 그녀의 이름

이 바로 모드 곤이었어요. 늘씬한 키에 화려한 미모와 열정적인 성격을 가진 스물두 살의 아일랜드 아가씨였지요.

그때만 해도 어설프던 스물세 살의 시인 예이츠는, 아일랜드 독립의 당위성을 또랑또랑 밝히는 이 아가씨에게 반했답니다. 그리하여 그도 아일랜드 독립운동에 적극적인 지지를 표명하지요. 콩깍지가 씌어 "바뀌었다, 완전히 바뀌었다. 내 인생의 고뇌가 시작되었다."라고도 말했대요. 하지만 모드 곤은 그와의 연애에는 관심이 없고 오로지 아일랜드의 독립에만 투신합니다.

예이츠는 모드 곤과 동지처럼 지내다 10년 만에 조심스레 청혼을 했어요. 그런데 모드 곤은 "우리는 좋은 친구예요. 하지만 당신의 아내가 되고 싶은 마음은 없어요."라고 거절하더니, 얼마 뒤 다른 남자와 결혼해 버렸답니다.

모드 곤의 남편이 죽은 이후 예이츠는 다시 한 번 희망을 가지고 다가갑니다. 그러자 모드 곤은 "당신이 자랑스럽지만 당신과의 결혼은 싫어요."라고 또 거절합니다. 결국 예이츠는 15년간의 짝사랑을 접고 다른 여인과 결혼함으로써 모드 곤과는 서로 다른 길을 갈 수밖에 없었어요.

그래도 예이츠는 그 짝사랑 덕에 주옥같은 시를 써서 노벨문학상

을 받았잖아요. 예이츠의 묘비에는 예이츠가 미리 써놓았던 문장
이 새겨져 있다고 해요.

삶과 죽음 위에 차가운 눈을 던져라.
말 탄 자여, 지나가라!

이 문장을 써놓고 예이츠는 살아 있는 동안 더 힘을 냈을 거예요.
오늘은 우리 예이츠의 기나긴 짝사랑을 위해, 그리고 이렇게 근
사한 시들을 남기고 간 예이츠의 사랑을 위해 건배해요!

노들강변

_ 신불출

노들강변 봄버들 휘휘 늘어진 가지에다
무정 세월 한허리를 칭칭 동여서 매어 볼까.
에헤요 봄버들 못 믿으리로다.
푸르른 저기 저 물만 흘러흘러서 가노라.

노들강변 백사장 모래미디 밟은 자국
만고풍상 비바람에 몇 번이나 지워갔나.
에헤요 백사장도 못 믿으리로다.
푸르른 저기 저 물만 흘러흘러서 가노라.

노들강변 푸른 물 네가 무슨 망령으로
재자가인 아까운 몸 몇몇이나 데려갔나.
에헤요 네가 진정 마음을 돌려서
이 세상 쌓인 한이나 두둥 싣고서 가거라.

정
림

엄마의 애창곡은 이 노래 〈노들강변〉과 〈고향의 봄〉입니다. 엄마
는 이 두 노래를 끝까지 단 한 줄도 틀리지 않고 부르시지요.

〈노들강변〉은 한 편의 시예요. 〈노들강변〉을 노래할 때 엄마의
목소리는 꾀꼬리 같아요. 아직도 청아한 목소리로 노래하는 엄마
앞에서 우리 딸들은 덩실덩실 춤을 추지요.
엄마는 딸들이 춤을 추면 얼굴이 환해집니다.
"아이고, 잘 추네." 하면서 웃음을 짓습니다.
엄마의 웃는 모습이 보고 싶어서 우리는 두 팔을 더 크게 휘저으
며 춤을 춥니다.

언젠가 노래방에 갔을 때 큰오빠가 〈노들강변〉을 불렀습니다. 우리도 모두 따라 불렀지요.

엄마의 또 하나의 애창곡 〈고향의 봄〉은 아무리 찾아도 노래방의 노래 목록에 없었어요.

이번에는 작은오빠가 〈모정의 세월〉을 불렀습니다. 울지 말자고 했지만 우리 육남매는 그렇게 노래를 부르다가 엄마 생각에 울고 말았어요.

엄마가 우리 엄마라서 정말 행복합니다.

엄마가 우리 엄마라서 정말 고맙습니다.

엄마의 자식으로 태어난 순간 이미 저는 이 세상에서 가장 큰 행운을 쥐었습니다.

무지개

_ 윌리엄 워즈워스 William Wordsworth

하늘의 무지개를 볼 때마다

내 가슴은 두근거리네

내 삶이 시작되었을 때도 그랬고

어른이 된 지금도 그렇다네

내가 늙어서도 그러하리

그렇지 않으면 차라리 죽으리라!

어린이는 어른의 아버지,

나의 하루하루가

자연에 대한 경외로 이어지기를

바라노라.

정
연

외출 길에 본 담장의 장미와 햇살, 향기로운 바람은 유년 시절로 나를 데려가 그 시절의 시들을 떠올리게 하네요.

저는 어린 시절, 길을 잘 잃었어요. 타고난 공간 지각력이 제로인가 봐요.

중학교 때는 우리 과수원에서 놀자고 친구들을 데리고 가다가 한라산 중턱에서 길을 잃은 적이 있어요. 도대체 어디가 어딘지 모르겠더라고요. 우리 과수원에 100번도 넘게 가봤는데 말이에요. 결국 과수원을 찾지 못하고 중간에 비를 맞으며 뛰어서 마을로 돌아오는데 그 비릿한 슬픔이라니…….

그날 밤 저는 바로 이 시를 읽으며 마음을 달랬답니다.

돌아보면 무지개 같은 나날들이었어요. 저의 방랑기는 사실 세살 때부터 시작되었지요. 그날은 중학교 운동회였는데, 큰 외삼촌이 저를 보자 과자를 사주셨어요. 그 과자 봉지를 들고 엄마에게 가야 하는데, 그 몇 미터가 헷갈려서 반대 방향으로 걸어갔지 뭐예요.

길가에 죽 늘어선 가판대에 정신이 팔려 구경하며 걸어갔는데, 그곳이 바다를 향한 길이었나 봐요. 학교 운동장의 반대편으로 걸어간 거죠.

엄마는 한참 뒤에야 저의 실종 상황을 알게 되었고, 운동회에 참석한 사람들이 횃불을 들고 온 마을을 찾아다녔답니다.

"정연아!"

여기저기 조를 짜서 저를 찾으러 다녔지만 어둑어둑해질 때까지 찾을 수 없었고, 그날 밤 폭우 예보까지 있어서 엄마와 아버지는 피가 마르는 기분이었다고 해요.

저를 찾은 사람은 고모였다지요? '방개'라는 바닷가에서요. "정연아! 정연아!" 하고 고모가 부르며 다니는데, "예!" 하고 대답하는 소리가 들리더래요. 그래서 고모가 "귀신이냐, 정연이냐?"고 외치자, 제가 어두운 바닷가에서 울면서 걸어 나오는데 외삼촌이 사준 과자 봉지를 그대로 들고 있더랍니다.

사람들이 엄마에게 달려가 "정연이 찾았어요. 방개 바다에서 찾았어요."라고 외치자 엄마는 그때 한 살이었던 정림이를 업은 채로 기절하고 말았대요. 나중에 들어보니 바다에서 시신을 찾았다는 말인 줄 알고 기절하셨다지요. 그 후로 엄마 친구들은 저만 보면 "얘가 그 방개둥이로구나."라고 놀렸어요.

어릴 적에 엄마를 많이 괴롭힌 탓에 이제는 방탕하게 살고 싶을 때도 엄마 생각해서 절대로 비틀대지 않아요. 윌리엄 워즈워스의 이 시처럼 저도 늘 두근대는 삶을 살고 있으니, 엄마도 저를 키운 보람 느껴주실 거죠?

그리고 저의 공간 감각 제로 유전자는 엄마로부터 물려받은 것이라는 전설이 내려오고 있답니다. 그러니 반은 엄마 책임이에요, 하하하.

시간이란

_헨리 반 다이크 Henry Van Dyke

기다리는 사람들에겐 너무 느리고
두려워하는 사람들에겐 너무 빠르며
슬픔에 잠긴 사람들에겐 너무 길고
기쁨에 들뜬 사람들에겐 너무 짧다.
하지만 사랑하는 사람들에게
시간은 그렇지 않네.

정
림

언젠가 해외 뉴스에서 맹인 가수 스티비 원더가 개안 수술을 받
는다는 소식을 들은 적이 있어요. 그때 기자가 물었지요.
"시신경이 파괴돼서 눈을 떠도 15분밖에 볼 수가 없는데, 지금까
지 미루고 있던 어려운 수술을 왜 갑자기 받으려고 하십니까?"
그때 스티비 원더는 이렇게 대답했대요.
"사랑하는 딸을 15분만이라도 볼 수 있다면 더 이상 바랄 게 없습
니다."

15분이라는 짧은 시간 동안이라도 사랑하는 사람의 눈, 코, 입, 눈물, 미소, 머리카락…… 그렇게 하나하나 새겨놓고 기억 속에 잘 저장하고픈 마음…….

저에게는 엄마가 그 사람이에요.

한 달에 한 번, 엄마가 보고파서 고향으로 달려갑니다. 엄마를 뵈러 가는 길에는 연인을 만나러 가는 사람처럼 마음이 두근두근 설레요. 그래서 두 발이 둥둥 허공에 떠서 가요. 눈빛을 마주하면 연인과 시선을 맞추는 것보다 더 마음이 쿵쾅쿵쾅 뛰어요. 그래서 "엄마, 엄마, 엄마……." 자꾸만 불러봐요.

그런데 엄마를 보고 오면 금세 또 보고 싶어집니다. 엄마를 보는 순간에도 보고 싶습니다. 엄마를 보고 있으면서도 시간이 아까워 눈물이 납니다.

엄마의 볼에 제 볼을 대고 "사랑해요." 속삭이는 이 시간을 누가 가져가버리면 어떡하나 마음이 아려요.

"엄마, 다음에 또 만나요."

엄마와 헤어지며 작별 인사를 나눌 때면 마음이 내려앉아요.

삶이 그대를 속일지라도

_ 알렉산드르 푸시킨 Aleksandr Pushkin

삶이 그대를 속일지라도
슬퍼하거나 한탄하지 말라.
고통의 날에도 조용히 누워 있으면
기쁨의 날이 그대를 찾아오리니.

마음은 다가오는 날을 기대하며 살고,
슬픔은 지나가는 것이어서 끝이 있으리라.
내일이면 모든 것이 불현듯 사라지고
기쁨이 돌아오리라.

정언

이 시를 방송에 소개할 때 이렇게 패러디한 적이 있어요.

남편이 너를 구박할지라도 슬퍼하거나 한탄하지 말라.
만남과 현실, 다 운명의 잘못이리니.
지금은 운명의 대가를 받느나 여기고

오늘을 참고 견디면 머지않아 웃을 날 오리니.
그러다 보면 고난의 종점 또한 오리라.

웃자고 한 패러디였어요. 남편을 마누라로 바꿔도 되겠죠?

삶에 대해 전 세계 사람을 위로해 주는 이 시를 쓴 사람은 러시아
시인 푸시킨이에요. 푸줏간이 아니라 푸시킨요. 엄마는 조금만
제가 발음을 굴리면 웃으시잖아요. 잘 웃어주시는 강지하 여사
님, 그게 엄마의 큰 매력입니다.

엄마는 제가 이 지구별에 처음 왔을 때 지구별의 수칙을 가르쳐
주신 분이지요.
"애야, 그건 그러는 게 아니란다." "그건 이런 신호란다." "남에게
모진 소리 하지 마라." 등등. 그리고 우리에게 지구별이 참 따뜻
하고 행복한 별이라는 것을 입력시켜 주셨죠.
"사람들은 물 위를 걷거나 공중을 걸으면 기적이라고 생각합니
다. 그러나 땅 위를 걷는 게 진짜 기적입니다."
《틱낫한 명상》에 나오는 말도 들려주셨어요. 오늘 이렇게 우리가
직립보행을 하고 있다는 것 자체가, 오늘을 살고 있다는 것 이 자

체가 기적이요, 행운이요, 행복이라고 느끼도록 해주셨지요. 행복은 거창한 것이 아니라 일상의 작은 사건들로 이뤄져 있다는 것을 알게 해주셨고요.

그 덕분에 기운이 축 처져 있다가도 어깨를 추어올리고, 제 주변에 흩어져 있는 작은 행복들을 모을 수 있답니다.

엄마가 떠오르면 저는 이렇게 시를 지어 읊으면서 걸어요.

> 사랑의 담요 쓰고 난 살고 있다네.
> 엄마 냄새 나는 사랑의 담요.
> 그 담요 타고 날 수도 있다네.
> 그 담요 있어 비 와도 춥지 않다네.
> 그 담요 있어 눈 와도 춥지 않다네.

빗물 같은 정을 주리라

_ 김남조

너로 말하건 또한
나로 말하더라도
빈 손 빈 가슴으로
왔다 가는 사람이지

기린 모양의 긴 모가지에
멋있게 빛을 걸고 서 있는 친구
가로등의 불빛으로
눈이 어리었을까

엇갈리어 지나가다
얼굴 반쯤 그만 봐버린 사람아
요샌 참 너무 많이
네 생각이 난다

사락사락 사락눈이
한 줌 뿌리면

솜털 같은 실비가
비단결 물보라로 적시는 첫봄인데
너도 빗물 같은 정을
양손으로 받아주렴

비는
뿌린 후에 거두지 않음이니
나도 스스로운 사랑으로 주고
달라진 않으리라
아무것도

무상으로 주는
정의 자욱마다엔 무슨 꽃이 피는가
이름 없는 벗이여

이 시는 엄마가 참 좋아하는 시예요. 이 시를 읽어드릴 때마다 엄마는 눈을 감고 들으십니다. 이 시와 엄마는 참 많이 닮았어요. 빗물처럼 정을 쏟아붓기만 하는 엄마에게 빗물 같은 정을 담아 이 시를 읽어드립니다.

우리가 서울에서 대학 공부할 때 엄마는 편지를 자주 보내셨지요. 편지 말미에는 "엄마가"라고 하지 않고 엄마 성함을 써서 "지하가"라고 쓰곤 하셨지요.
그래서일까요, 엄마의 편지를 받을 때면 연애편지를 받아든 연인처럼 설레었어요. 편지 내용도 얼마나 로맨틱했는지 몰라요.

저 하늘의 구름도 너희들이 있는
서울 쪽으로 흘러가는구나.

어느 사랑 고백이 이렇게 달콤할 수 있겠어요?

엄마에게 편지를 씁니다.
"엄마에게"라고 하지 않고 "나의 천사 지하 씨에게"라고 씁니다.
엄마에 대한 고백을 달콤하게 담아서 편지를 보냅니다.

이 편지를 받으면 엄마는 짐짓 그러시겠지요.
"넌 날 사랑하니? 난 널 사랑하지 않는다."

엄마만의 반어법이지요. 전화를 걸어 "엄마, 보고 싶어요."라고
하면 "난 너 안 보고 싶다."라고 하시던 엄마……
그 말 속에 가득 담겨 있는 엄마의 그리움과 사랑…… 바쁜 자식
을 오라고 하지 못하는 깊은 배려임을 왜 모르겠어요.

"지하 씨, 오늘은 창밖에 비가 내려요."라고 빗물 같은 정을 담아
편지를 씁니다. 그리고 러브레터를 보내듯 핑크빛 봉투에 넣어
부칩니다.

고향

_프리드리히 휠덜린Friedrich Hölderlin

뱃사공은 잔잔한 강가의 집으로 즐겁게 돌아오네
멀리 떨어진 섬에서 수확을 거두고.
나도 고향에 돌아가고 싶구나
하지만 나는 슬픔 이외에 무엇을 수확했던가

나에게 즐거움을 맛보게 해주었던 강둑들이여,
너희는 사랑의 슬픔을 달래줄 수 있겠느냐
내 어린 시절의 숲들이여, 내가 고향에 돌아가면
너희가 그때의 평온함을 내게 되돌려줄 수 있겠느냐
(후략)

정연

이 시는 독일의 시인인 휠덜린1770~1843이 쓴 시예요. 휠덜린은 프
랑크푸르트에서 한 은행가의 가정교사로 일하면서 그 은행가의
부인인 주제테와 운명적으로 만났다고 해요. 휠덜린은 주제테의
그리스적인 아름다움에 반했고, 그녀도 그의 순진함에 빠져서 둘

래 사랑하게 되었다지요. 둘은 3년간 열렬히 사랑하다 이별했는데, 그게 휠덜린에게는 엄청난 충격이었나 봐요. 방랑을 거듭하다가 정신착란 증세가 생기면서 1806년부터는 완전히 폐인이 되어버렸다고 전해집니다.

저는 독일 베를린에서 2년 2개월 산 경험이 있어서 그 나라의 사계절을 알아요. 그곳은 사랑이나 맥주가 없으면 견디기 힘든 도시예요. 특히 겨울은 길고 햇빛조차 잘 나지 않아서 늘 마음이 '젖은 짚단 태우듯' 침울하답니다. 어쩌다 햇살이 나오면 "분더바Wunderbar;멋진!"라고 외치며 좋아할 정도로 햇살이 귀하지요.

그러다가 봄이 오면 모두 다 동네 공원으로 달려가요. 햇살이 환한 날이면 우체국 앞 공원에서 초록과 한 덩어리가 되어 선탠도 한답니다. 여인들은 속가슴까지 햇살이 들어오도록 상의를 벗고 선탠하기도 해요. 햇살은 치유력이 있으니까요. 문득 고향 생각을 했어요. 우리 고향은 늘 햇살이 머물렀잖아요. 언제 어디로든 달려나가기만 하면 온통 햇살 가득한 숲이었는데…….

문득 2년 2개월이나 베를린에서 지내면서 엄마를 독일로 한 번도 초대하지 못했다는 게 생각나네요. 아버지와 일본에 가셨던 것 말고는 다른 나라로 멀리 여행을 떠나본 적이 없는 우리 엄마. 두

다리 다 건강하셨을 때 우리 딸들이 모시고 다녔어야 하는데, 엄마가 한사코 안 가겠다고 하셔서, 그게 엄마의 진심인 줄 알고 우리만 다녔네요. 우리가 엄마한테 신경 쓰며 불편할까 봐 더 자유롭게 즐기라는 마음에서 물러섰던 것인데 정말 가기 싫어하시나 보다 생각해 버렸네요.

어른들과의 소통법은 확실히 다르다는 것을 이제 깨닫습니다.

"난 안 갈란다."라고 하는 것은, "가고 싶지만 너희들 생각해서 안 가고 싶다."이고, "그런 거 사오지 마."라고 하는 것도 "니들 그런 것 사는 데 괜히 돈 써서 힘들어하지 말고."라는 뜻임을 깨닫습니다.

엄마, 죄송해요. 엄마는 워낙 건강해서 기다려줄 줄 알았는데, 그동안 급격히 노쇠해지고 계시는 것을 몰랐네요.

산 너머 저쪽

_ 카를 부세Karl Busse

산 너머 저쪽으로 멀리 가면
행복이 있다고 사람들이 말하기에.
아아, 나는 남들과 함께 행복을 찾아갔지만
눈물로 얼룩진 얼굴로 되돌아왔다.
산 너머 저쪽으로 멀리 가면
행복이 있다고 사람들이 말하기에.

정립

파랑새를 찾아 온 세상을 다 뒤졌지만 결국 찾지 못하고 집에 돌아오니 그 파랑새가 집에 있었다는 이야기가 있죠. 독일 시인 카를 부세도 이 시에서 강조하지요. 행복을 찾아 산을 넘어갔지만 결국 못 찾고 돌아왔다고요.

신은 행복을 만들고, 너무 쉽게 주면 사람들이 자만할까 봐 꼭꼭 숨겨두었다고 해요. 어디다 숨겨놓을까 고민했는데 히말라야 산 정상에 갖다 두어도 찾아낼 것 같고 바닷속 깊숙이 숨기놓아도 금방 찾아낼 것 같아서 오히려 아주 가까운 우리 마음속에 꼭꼭 숨겨두었다네요.

신의 예감은 적중했죠. 사람들은 아주 가까운 곳, 마음 안에 행복을 두고도 먼 곳에서 그것을 찾아 헤매니까요.

엄마는 언제나 성공보다 행복을 강조하셨죠. 높이 올라가려고 하기보다 지금 이 순간, 머물러 있는 곳에서 행복을 찾아내라고 말씀하셨어요. 그런 엄마의 가르침 덕분에 우리 집은 언제나 평화로웠고, 따스했어요.

엄마는 일찍이 아들 둘을 낳고, 한참의 세월이 흐른 후에, 꿈에 예쁜 토마토 네 개가 올망졸망 열린 꿈을 꾸고 우리 네 자매를 연이어 낳으셨다고 했어요.

엄마는 매일 아침이면 네 자매 나이 수대로 영양제^{원기소}를 일일이 헤아려 나눠주셨어요. 큰언니가 열 살이니 열 알, 작은 언니는 여덟 살이니 여덟 알, 이런 식으로 말이에요. 그럴 때면 나는 언제 언니보다 더 많이 나이를 먹나 싶어 배가 아팠지요.

어린 시절, 가족은 작은 사회였어요. 그 속에서 승리감도 패배감도 열등감도 다 배웠어요. 그리고 인간관계가 주는 다채로운 의

미들도 배워나갔어요.

우리 육남매를 키우는 동안 엄마는 단 한 번도 뭔가를 강요하신 적이 없었어요. 공부하라는 말 대신 빈 사이다 병에 유채꽃을 꽂아 책상에 놔두셨고, 그만 놀라는 말 대신 저녁을 먹으라고 부르셨어요. 배우자를 선택할 때도 속으로 걱정은 하셨을지언정 겉으로는 절대 내색하지 않고, 그저 무언의 응원만 보내셨을 뿐이지요. 엄마는 언제나 구속 대신 자유, 강요 대신 사랑을 주셨어요.

내가 엄마가 되어 아이를 키우는 동안 엄마가 정말 대단하셨다는 것을 뼈저리게 알게 되었어요. 실수투성이 엄마 노릇을 하는 동안 엄마에 대한 존경과 고마움이 나날이 깊어갔지요.
다시 아이를 키운다면 나는 엄마처럼 하겠어요. 엄마처럼 그저 하염없이 사랑만 주겠어요. 아이에게 마음 안에 숨겨진 보물을 찾는 법, 행복을 발견하는 법을 선물하겠어요.

내가 만약

_ 에밀리 디킨슨 Emily Dickinson

내가 만약 한 사람의 가슴앓이를 멈추게 해줄 수 있다면
그것으로도 내 삶은 헛되지 않으리라.
내가 만약 한 사람의 아픔을 덜어줄 수 있다면
혹은 한 사람의 고통을 가라앉혀줄 수 있다면
혹은 한 마리의 지친 울새가
보금자리에 다시 돌아가도록 도와줄 수 있다면
그것으로도 내 삶은 헛되지 않으리라.

정연

2009년 2월, 제 아들 창현이와 정림이 아들 재형이가 원하는 대학
에 합격했을 때, 소리치며 엄마에게 달려갔지요. 기쁜 마음에 큰
소리로 둘 다 합격했다고 외쳐댔을 때, 엄마가 우리를 꼬옥 안아주
면서 수고했다고 하고는 "쉿!"이라고 하셨죠. 주위에서 듣는다고.
혹시 대학 떨어져서 우는 사람이 있을지도 모르는데 작게 말하자
고 하던 엄마…… 우리로 인해 남이 상처받을까 봐 걱정하는 그
마음에서 많이 배웠습니다.

마음 구석구석 다 들여다봐도 안 멋진 데가 없는 우리 엄마. 그런데 문제는 딸들입니다. 엄마를 쏙 빼닮은 딸이 거의 없네요. 그나마 네 딸 중에 정림이가 가장 많이 닮았지만, 우리 유전자 안에는 아버지 유전자도 섞여 있으니 똑같다고 할 수는 없네요.

천사 같은 엄마 뒤에는 경제 관념이 있고 냉철한 판단력으로 세상사를 헤쳐나가는 든든한 아버지가 계셨지요. 우리에게는 그 아버지 유전자도 섞여서 그래도 이만큼 세상과 타협하며 살고 있어요. 엄마처럼 고매하게 살진 못하고요.

둘째 사위인 제 남편이 늘 하는 얘기가 있답니다.

"언젠가는 장모님 닮겠지."

그 희망으로 산다고 해요.

언젠가 우리들에게도 엄마 유전자가 꽃필 날이 오겠죠?

호수

_ 정지용

얼굴 하나야
손바닥 둘로
폭 가리지만,

보고 싶은 마음
호수만 하니
눈 감을밖에.

정
림

사람의 욕망 중에 가장 순수한 것은 '보고픔' 같아요. 먹고 싶은
마음도, 갖고 싶은 마음도 다 생기는 것이 있는데 보고 싶은 마음
은 생기는 것도 없잖아요.
그래서 그런지 더 간절하고, 더 마음이 아려요. 보고 싶다는 마음
하나가 폭풍처럼 몰아칠 때면 다른 일은 아무것도 할 수 없을 때
가 있어요.

엄마가 아버지를 그리워하는 것처럼 저도 아버지가 많이 보고 싶어요. 엄마가 늘 하시는 말씀처럼 아버지는 정말 멋있는 분이셨지요.

열심히 사는 사람들에게는 한없이 베푸시던 아버지. 힘들 때 아버지에게 도움을 받았던 사람들은 새벽에 해삼이나 소라를 캐서 우리 집에 가져오기도 했고, 감자나 고구마 같은 것을 들고 오기도 했지요.

반면에 게으르거나 열심히 살지 않는 사람이 도움을 청해 오면 아버지는 냉정하셨어요. 그 사람의 입에서 나오는 말이나 허튼 약속이 아니라 그 사람이 보이는 일상의 행동들을 보고 판단하셨으니까요.

평생 흐트러진 모습 한번 보인 적 없던 아버지, 취한 모습도 보인 적 없던 아버지…….

아버지를 생각하면 저도 모르게 자세를 바로 하게 돼요.

아버지가 떠나신 이 세상에는, 아버지의 정신이 여전히 남아서 인생 2막을 살아가는 우리를 다시 키우고 계세요. 아버지에게 마음을 모아 전하고 싶어요. 살아갈수록 더 깊이 아버지를 존경하게 된다고…….

언젠가 허망한 눈빛으로 먼 산을 바라보시던 아버지가 불쑥 말씀하셨어요.

"자식들이란 민들레 홀씨 같은 거야. 키워놓으면 다 훌훌 날아가

버리거든."

자식은 많지만 두 분만 적적하게 고향집에서 지내시느라 얼마나

쓸쓸하셨을까요.

엄마가 아버지를 그리워하시는 것처럼 저도 아버지가 많이 보고

싶어요.

첫눈

_노천명

은빛 장옷을 길게 끌어
왼 마을을 희게 덮으며
나의 신부가
이 아침에 왔습니다.

사뿐사뿐 걸어
내 비위에 맞게 조용히 왔습니다.

오랜만에
내 마음은
오늘 노래를 부릅니다.
잊어버렸던 노래를 부릅니다.

자— 잔들을 높이 드시오.
빨간 포도주를
내가 철철 넘게 치겠소.

이 좋은 아침

우리들은 다 같이 아름다운 생각을 합시다.

종도 꾸짖지 맙시다.

애기들도 울리지 맙시다.

엄마, 서울에 눈이 많이 쌓였어요. 천사들의 엽서 같은 눈송이가
펄펄 날리면 저는 온몸이 희열로 뒤덮입니다. 눈 오는 날, 하늘에
별이 안 뜨는 이유는…… 하늘의 별들이 다 지상에 내려왔기 때
문이라잖아요.

거리의 나무에 그 별들이 가득 떠 있는 은빛 세상이 되면 저는 미
칠 것같이 행복해져요. 고은 시인은 "함박눈이 내립니다. 모두 무
죄입니다."라고 했어요.

눈이 많이 내리는 겨울은 기쁘고, 눈이 많이 내리지 않는 겨울은
그 정권까지 미워집니다.

정
연

정희 언니 말대로 저는 전생에 설녀雪女였을까요? 눈이 쌓이면 왜 이렇게 좋을까요? 도시 사람들은 대부분 눈이 많이 내려 쌓이면 '이죽눈이 죽일 놈의 눈'이라며 출근 걱정부터 하더라고요. 저는 눈이 아무리 많이 쌓여도, 눈 때문에 차가 얼어붙어서 고생해도 눈이 좋아요. 어릴 적 추억이 저를 행복한 유년 시절로 데려가나 봐요.

눈사람 만드는 것이 정말 좋았어요. 어느 날인가는 눈사람을 집에 데려다놓은 적도 있었지요. 눈사람이 녹아 공단 방석이 다 젖었는데, 그래도 엄마는 저를 혼내지 않으셨어요.

열 살 무렵, 눈이 펑펑 쏟아져서 하얀 혁명이 일어난 것처럼 우리 마을 전체가 하얀색으로 변한 적도 있어요. 한참 놀다가 저녁때를 놓치고 들어갔는데, 엄마가 라면을 끓여주셨잖아요. 엄마가 끓여주던 그 라면을 잊을 수가 없네요. 눈과 엄마와 라면. 제 뇌세포에 행복 공식으로 각인되어 있어요.

눈 내리는 날마다 이 시처럼 아름다운 생각, 좋은 말만 할 수 있도록 저에게 행복한 유년 시절의 기억을 주셔서 고맙습니다.

우화의 강

_ 마종기

사람이 사람을 만나 서로 좋아하면
두 사람 사이에 물길이 튼다
한쪽이 슬퍼지면 친구도 가슴이 메이고
기뻐서 출렁거리면 그 물살은 맑게 빛나서
친구의 웃음소리가 강물의 끝에서도 들린다

처음 열린 물길은 짧고 어색해서
서로 물을 보내고 자주 섞여야 하겠지만
한 세상 유장한 정성의 물길이 흔할 수야 없겠지
넘치지도 않고 마르지도 않는
수려한 강물이 흔할 수야 없겠지

긴 말 전하지 않아도 미리 물살로 알아듣고
몇 해쯤 만나지 못해도 밤잠이 어렵지 않은 강
아무려면 큰 강이 아무 의미도 없이 흐르고 있으랴
세상에서 사람을 만나 오래 좋아하는 것이
죽고 사는 일처럼 쉽고 가벼울 수 있으랴

큰 강의 시작과 끝은 어차피 알 수 없는 일이지만

물길을 항상 맑게 고집하는 사람과 친하고 싶다

내 혼이 잠잘 때 그대가 나를 지켜보아주고

그대를 생각할 때면 언제나 싱싱한 강물이 보이는

시원하고 고운 사람을 친하고 싶다

정림

엄마가 좋아하는 책으로는 인쇄된 책과 인쇄되지 않은 책 두 가지가 있어요.

인쇄되지 않은 책으로는 우선 '자연'을 들 수가 있을 거예요. 새들의 소리, 벌레 소리, 바람 소리, 계절의 변화, 하늘의 변화…… 이런 것들이 읽지 않아도 감성과 깨우침을 선물해 주는 '인쇄되지 않은 책'에 속하겠지요.

다른 한 가지 인쇄되지 않은 책으로 '사람'을 들 수가 있을 거예요. 이 세상에 없어도 늘 그립고, 그 사람에게 잘 보이고 싶어서 열심히 살게 되는 사람, 아무 말 하지 않아도 가르침을 주는 사람…… 그런 사람이야말로 '인쇄되지 않은 책'이 분명해요. 곁에 있으면 뭔가 배울 게 있는 사람, 뭔가 느낄 게 있는 사람 말예요. 그런 사람과 친하게 지내고 싶어요.

엄마는 항상 말씀하셨죠. 선택의 순간이 오면 언제나 사람을 먼저 생각하라고. 돈보다 사람이고, 성공보다 사람이라고. 그 말씀, 잘 새기고 있어요. 우리가 인생에서 가장 추구해야 하는 것이 바로 사람을 버는 일이겠지요.

가로등도 없는 캄캄한 길, 바람이 불고 비가 오는데 어디선가 맹수 우는 소리도 들리는 듯한, 그런 길을 홀로 걸어본 적 있다면 알 수 있겠지요. 그럴 때 내 곁에 한 사람만 있어준다면, 그 사람 손을 잡고 걸을 수만 있다면, 서로의 체온에 기댈 수만 있다면 얼마나 좋을까. 동행의 소중함을 절감하게 될 거예요.
권투시합 장면을 보면 선수는 링 위에서 싸우다가 3분이 흐르면 구석 자리의 코너 스툴로 돌아가죠. 그가 돌아가는 그 구석 자리에는 그를 애타게 응원하는 사람이 기다리고 있다가 수건으로 그의 땀을 닦아주고 마실 물도 내줍니다.
그렇게 나만의 구석 자리를 만들어둬야 해요. 지치면 돌아가 쉴 수 있는 그곳…… 그곳에는 우리 삶의 코치, 삶의 응원자가 기다리고 있어요. 내 얼굴에 묻은 땀을 닦아주고 마음에 입은 상처도 잘 보듬어줄 나만의 응원자입니다.

지치면 돌아가 쉴 곳이 있다는 것, 힘들면 돌아가 위로 받을 곳이 있다는 것…… 이것만으로도 큰 재산을 가진 것이지요.

우리가 사는 일이 그런 것 아닐까요?
어둡고 추운 길을 홀로 걸을 때, 내 옆에 사랑하는 사람이 있어서 내 손을 잡아준다면, 주머니에 그 손을 집어넣고 함께 걸어간다면 두렵지도 않고 쓸쓸하지도 않을 거예요.

연륜

_ 김기림

무너지는 꽃이파리처럼

휘날려 발 아래 깔리는

서른 나문 해야

구름같이 피려던 뜻은 날로 굳어

한 금 두 금 곱다랗게 감기는 연륜.

갈매기처럼 꼬리 덜며

산호 핀 바다 바다에 나려앉은 섬으로 가자.

비취빛 하늘 아래 피는 꽃은 맑기도 하리라.

무너질 적에는 눈빛 파도에 적시우리.

초라한 경력을 육지에 막은 다음

주름 잡히는 연륜마저 끊어 버리고

나도 또한 불꽃처럼 열렬히 살리라.

연륜이라는 게 뭘까요? 프랑스 시인 발레리는 연륜만큼 고독하다고 했는데, 연륜만큼 심술이 늘어나는 사람도 있고, 연륜만큼 두근거림이 없어지는 대신 넉넉해진다는 사람도 있더라고요.

삶에는 몇 차례 마감의 시기와 시작의 시기가 찾아오지요. 한 가지 절연하는 게 있으면 다른 무언가가 시작되고, 이 창문이 닫히면 또 다른 창문이 열린다는 것을 안다면, 그게 곧 연륜의 힘이 아닐까요?

힘들다고 전화해서 하소연한 적도 없고 어려운 일이 있어도 웬만하면 감추려고 하는데, 엄마는 우리 얼굴만 봐도 다 아셨지요. 지금 힘들면 다음에 좋은 일이 있다고 말씀하시고, 인생은 백분율 게임이라고 하셨어요. 인생은 행복 조각, 불행 조각, 고독 조각 등등이 있는 피자 한 판이고, 그것을 나누어 쓰는 게 인생이라고도 하셨지요.

아이 키울 때도 괴로움 총량의 법칙이 있어서 어느 시기에는 힘들다가도 어느 시기에는 기쁨이 된다고 하셨어요.

엄마, 저도 이제 연륜이 꽤 됐어요. 누구의 인생에든 비는 내리고 바람이 분다는 것을 알아요. 예외 없이 언젠가 이별을 겪는다는 것도 알아요. 시기의 차이가 있을 뿐이라는 것도 알아요.
연륜만큼 기쁨도 커지고, 외로움도 커지고, 집착도 커진다지만,
비우고 살려고 노력할래요. 위만 보려면 고개가 아프니까 아래도
보면서 살래요. 엄마 말씀처럼.

여인숙

_ 잘랄루딘 루미 Jalal ad-Din Rumi

인간은 여인숙.

매일 아침 새 손님이 당도한다.

기쁨, 우울함, 비열함,

어떤 순간적인 깨달음이 찾아온다

뜻밖의 방문객처럼.

그 모두를 환영하고 즐겁게 맞이하라!

그들이 그대의 집을 휩쓸고

가구를 모두 비워버리는

한 무리의 슬픔이더라도

한 명 한 명을 정중하게 대접하라.

그가 새로운 즐거움을 주려고

그대를 비워내는 것일지도 모르니까.

어두운 생각, 부끄러움, 악의,

문 앞에서 웃으며 그들을 맞이하며

안으로 초대하라.

누가 찾아오든 감사하라.
한 명 한 명이 저 멀리에서 안내자로
보낸 사람일 테니까.

정
림

엄마가 보고 싶어 눈물 나는 날, 정희 언니에게서 전화가 왔어요.
"엄마 목소리 들어볼래?"
정희 언니는 동생들 마음을 어찌 그리 잘 알까요? 우리가 엄마를
보고 싶어 하는 날이면 만사 제쳐놓고 요양원으로 달려가줍니다.
그래서 우리에게 전화를 걸어 엄마 안부도 전해주고 직접 통화하
라며 전화도 바꿔줍니다.

세 자매는 멀리 있지만 맏이인 정희 언니가 엄마 곁에 가까이 살
아서 정말 다행이에요. 정희 언니는 조금만 보고 싶어도 엄마를

만나러 달려간다고 해요. 문제는 엄마가 너무 자주 보고 싶다는 거예요. 너무 자주 가서 요양원 선생님들 눈치가 보인다는 정희 언니, 비가 오면 엄마가 보고 싶고, 바람 불면 엄마가 부르는 것 같아서 달려간다는 정희 언니…….

전화로 "엄마!" 하고 부르면 "정림아!" 하고 대답해 주시는 우리 엄마……. 엄마 목소리가 자식의 마음에 용기의 배터리를 가득 채워주곤 합니다.
이 시는 수화기 너머로 엄마에게 들려준 시입니다.
13세기 페르시아 시인 루미는 "사람이라면 모든 것을 사랑에 걸어야 한다"고 노래한 시인이에요. 사랑이 없는 사람은 반쪽 인생을 사는 사람이라고요. 〈여인숙〉을 엄마에게 읽어드리면서 저도 기운을 얻어봅니다.

살아가는 동안 우리 마음의 여인숙에는 낯선 손님이 찾아듭니다.
그 손님이 기쁨의 이름표를 달고 찾아오면 참 좋겠지만 어떤 때는 슬픔이, 어떤 때는 절망이 찾아오기도 합니다.
그 손님들을 어떻게 맞아들이고 있을까요? 눈물 대신 웃음으로, 미움 대신 사랑으로, 원망 대신 이해로 그 손님들을 맞아봅니다.

엄마, 눈을 들어 하늘을 봐요. 구름이 쇼를 벌이고 있어요. 햇살
이 눈웃음치고 있어요. 창밖을 봐요. 꽃이 저 좀 바라봐 달라고
애교를 떨고 있어요. 이렇게 멋진 손님들이 찾아오니, 두 팔 들어
환영해요.

엄마는 시다.
굴곡진 세월을 살아오면서
엄마는 시가 되었다.
이제 우리는 시가 조금씩 보이기 시작하고,
한 해 한 해 연륜을 더해갈수록
시 같은 엄마를 조금씩 닮아갈 것이다.

3장

엄마는 시다

결혼에 대하여

_ 정호승

만남에 대하여 진정으로 기도해온 사람과 결혼하라

봄날 들녘에 나가 쑥과 냉이를 캐어본 추억이 있는 사람과
결혼하라

된장을 풀어 쑥국을 끓이고 스스로 기뻐할 줄 아는 사람과
결혼하라

일주일 동안 야근을 하느라 미처 채 깎지 못한 손톱을 다정
스레 깎아주는 사람과 결혼하라

콧등에 땀을 흘리며 고추장에 보리밥을 맛있게 비벼먹을
줄 아는 사람과 결혼하라

어미를 그리워하는 어린 강아지의 똥을 더러워하지 않고
치울 줄 아는 사람과 결혼하라

가끔 나무를 껴안고 나무가 되는 사람과 결혼하라

나뭇가지들이 밤마다 별들을 향해 뻗어나간다는 사실을 아
는 사람과 결혼하라

고단한 별들이 잠시 쉬어가도록 가슴의 단추를 열어주는
사람과 결혼하라

가끔은 전깃불을 끄고 촛불 아래서 한 권의 시집을 읽을 줄

아는 사람과 결혼하라

책갈피 속에 노란 은행잎 한 장쯤은 오랫동안 간직하고 있는 사람과 결혼하라

밤이 오면 땅의 벌레 소리에 귀 기울일 줄 아는 사람과 결혼하라

밤이 깊으면 가끔은 사랑해서 미안하다고 속삭일 줄 아는 사람과 결혼하라

결혼이 사랑을 필요로 하는 것처럼 사랑도 결혼이 필요하다

사랑한다는 것은 이해한다는 것이며

결혼도 때로는 외로운 것이다

정연

20대 후반이 돼도 결혼은 안중에 없고 오로지 일만 하는 저에게 어느 날 엄마가 해주신 말씀이 지금도 기억이 납니다.

"돈 많으면 '흐흐흐흐' 하고 남몰래 웃지만 아이가 있으면 그 웃음이 담장을 넘는다더라."

우리 궨당'친척'의 제주도 방언 중에 아주 큰 부자가 있었는데, 그분이 한 말이라고 합니다. 그 말이 꼭 결혼하라는 의미로 들리진 않았지만, 은연중에 결혼해야지 하는 생각을 한 것 같아요.

그때 사실 연애 중이긴 했는데, 결혼하고 싶은 남자가 아니라 그냥 연애만 하고 싶은 남자였어요. 아무리 세월이 가도 철이 안 들 것 같은 남자, 이상만 꿈꾸는 남자. 그런 남자였기에 저는 이별을 고했고, 그는 뒤늦게 군대를 갔습니다. 그때의 감정의 본류와 지류, 역류를 어찌 다 엄마에게 말하겠어요.

그렇게 헤어지는 줄 알고 있었는데…… 그가 군대에서 다쳐 병원으로 실려갔다는 말을 듣고 보호본능이 발동하는 바람에 그를 다시 만나게 되었어요. 그리고 결국 그를 엄마의 사위로 소개했지요.

사위가 제주도 사람이 아니라 속상하셨죠? 겉으로는 표현하지 않으셨어도, 뒷방에서 엄마는 몰래 눈물지으셨을지도 모르겠어요. 육지 사람과 결혼하는 것은 국제결혼과도 마찬가지였잖아요. 풍습이 너무 다르니까요.

엄마에게 제주도 사위를 데려다주고 싶었지만 어쩔 수 없었어요. 저도 노력 많이 했어요. 그와 헤어지려고 덕수궁 돌담길을 여러 번 걸어도 보고, 뛰어도 보고, 누워도 보고, 별거 다 했지만 헤어질 수가 없더라고요. 제 성격이 일부다썸제를 하는 편이 아니라서 연애도 아쉽게 일부종사했네요.

엄마, 이제는 엄마에게 사랑을 모아 드려요. 남편에게도, 아이에게도 줄 만큼 사랑을 준 것 같고, 이제는 엄마에게 올인해요. 엄마가 저에게 주신 따뜻한 사랑만큼 다시 돌려드리고 싶어요.

나의 꿈

_한용운

당신이 맑은 새벽에 나무그늘 사이에서 산보할 때에
나의 꿈은 작은 별이 되어서
당신의 머리 위에 지키고 있겠습니다.

당신이 여름날에 더위를 못 이기어 낮잠을 자거든
나의 꿈은 맑은 바람이 되어서
당신의 주위에 떠돌겠습니다.

당신이 고요한 가을밤에 그윽히 앉아서 글을 볼 때에
나의 꿈은 귀뚜라미가 되어서
책상 밑에서 귀똘귀똘 울겠습니다.

정림

엄마가 평생 미물렀던 집을 떠나 요양원으로 가시던 날…… 아버
지와의 추억이 어린 집, 자식들을 낳고 기르고 기다려왔던 그 집
을 떠나던 날…… 엄마가 저에게 물었던 말이 가슴을 찌릅니다.
"나 괜찮을까?"

그때 제 가슴이 무너져 내렸습니다. 엄마의 손을 부여잡고, 엄마의 눈을 들여다보며 제가 힘주어 말했지요.

"엄마 옆에 우리가 있을 거예요. 어릴 때 엄마가 우리를 지켜줬던 것처럼 우리가 엄마 지켜줄 거니까 아무 걱정 마세요."

그래도…… 그래도…… 엄마의 시선이 불안하게 떨리고 있었습니다. 제 가슴도 후들거렸습니다.

요양원에 모시고 돌아오는 길, 내내 발걸음이 안 떨어졌지만 이제는 걱정 안 해요. 밤에도 홀로 빈집에 남아 있어야 했던 엄마를 생각할 때보다 훨씬 안심해요. 엄마의 방 앞에 간호사도 대기하고 있고 마음 따뜻한 분들이 보살펴주고 계시니까요.

만나러 갈 때마다 기억력도 더 좋아지고 표정도 한층 밝아진 엄마가 얼마나 고마운지 몰라요. 그때 해드렸던 말, 지금 다시 해드릴게요.

엄마는 혼자가 아니에요.

우리 자식들이 엄마와 함께 있어요.

그리고 아버지가 엄마와 함께 있어요.

그러니까 불안해하지 마세요.

외롭겠지만…… 그래도 너무 서러워하지 마세요.

바람이 불면 그게 아버지예요.
새가 노래하면 그게 언니예요.
별이 뜨면 그게 저예요.

엄마가 우시면 저도 울어요.
엄마가 외로우면 제 가슴도 아려요.
엄마가 아프면 저도 아파요.

기억하세요.
엄마는 절대 혼자가 아니에요.

내 나이 스물하고 하나였을 때

_ 하우스먼 A. E. Housman

내 나이 스물하고 하나였을 때

한 현자가 이렇게 말하는 걸 들었습니다.

"돈을 얼마든지 주더라도

네 마음은 주지 마라.

진주와 루비는 거저 주더라도

네 꿈은 지켜라."

하지만 내 나이 스물하고 하나였을 때

내게는 아무런 소용도 없는 말이었습니다.

내 나이 스물하고 하나였을 때

그 현자가 다시 말하는 걸 들었습니다.

"진심 어린 마음은

결코 헛되이 주어진 것이 아니란다.

수많은 한숨의 대가이고

끝없는 후회의 열매란다."

지금 내 나이 스물하고 둘,

아, 그 말이 진리인 걸 깨닫습니다.

세상의 엄마들은 딸에게 이런 마음을 가지시겠지요.

"찬란한 그 시절, 마음껏 꿈꾸고 마음껏 이루어라. 이 엄마가 하늘에 있는 별이라도 따다가 너의 앞길에 수놓아 주리니 예쁘고 젊은 날 즐기고 행복하여라."

표현하든 못 하든 엄마들은 모두 이런 마음일 거예요. 여자에게 3대 복은 친정엄마와 자매와 딸이 있는 것이라고 하던데, 저에게 딸은 없어도 엄마와 자매가 있으니 두 가지 복은 누리고 있네요. 자매를 주신 엄마가 고맙고, 엄마가 살아 계셔서 감사합니다.

어릴 때 엄마가 저에게 했던 말, 기억나실지 모르겠어요.

초등학교 5학년 때인데, 한 친구가 저에게 500원을 주면서 친하게 지내자고 했어요. 그 말을 엄마에게 그대로 전했더니 당장 가서 그 아이에게 돈을 돌려주라고 하셨지요.

돈을 돌려주고 오자 엄마가 저에게 한 말이 있었어요.

"돈으로 사람을 사귀면 안 된다. 마음으로 사귀어야 하는 거야. 그 돈, 잘 돌려주었다. 착하다. 이제 그 친구와 마음으로 사귀도록 해라."

그 일이 두고두고 기억이 나요.

정연

금을 움켜쥐는 자는 사람을 보지 못한다는 말이 그날 이후 제 마음에 자리 잡게 되었습니다. 엄마 덕에 어느 정도는 소유보다 존재 모드로 살아가고 있는 것 같아요.

젊음

_ 새뮤얼 울만 Samuel Ullman

젊음은 삶의 어떤 시간이 아니라 심리 상태를 가리킨다. 젊음은 발그스레한 뺨과 붉은 입술과 유연한 무릎이 아니라, 굳은 의지와 풍부한 상상력과 격렬한 감정을 가리킨다. 젊음은 삶이라는 깊은 샘물의 신선함을 가리킨다.

젊음은 비겁한 탐욕보다 용기를 선택하고 편안한 삶보다 모험을 선택하는 기질을 뜻한다. 스무 살 청년보다 예순 살 노인에게 젊음이 존재하는 경우가 적지 않다. 우리는 나이로만 늙는 게 아니다. 이상을 저버림으로써 늙어간다.

세월은 살갗을 주름지게 하지만, 열정의 포기는 영혼을 주름지게 한다. 걱정과 두려움과 자기 불신은 마음을 병들게 하고, 정신을 산산조각 낸다.

예순 살이건 열여섯 살이건 모든 사람의 마음에는 경이로움에 끌리는 본능, 다음에 있을 것에 대한 어린아이 같은 끝없는 호기심, 삶의 즐거움에서 얻는 환희가 있다. 그대의 마음속에나 나의 마음속에나 무선국wireless station이 있다. 그 무선국이 인간 세계와 무한의 세계로부터 아름다움과 희망, 희열과 용기와 힘의 메시지를 받는 한 언제까지나 젊음은 그대의 것이다.

무선국의 안테나가 내려지고 그대의 정신이 냉소라는 눈과 비관이라는 얼음으로 뒤덮인다면 그대는 스무 살이어도 늙은 것이다. 하지만 그대의 안테나가 높이 세워져서 낙관의 파장을 받아들이는 한 그대가 여든 살이어도 젊음을 유지한 채 삶을 마칠 수 있을 것이란 희망이 있다.

정림

새뮤얼 울만은 이 〈젊음〉이라는 작품을 78세의 나이에 썼다고 해요. 지난번 읽어드린 〈약해지지 마〉의 시바타 도요 시인은 98세의 나이에 처음 시를 써서 99세에 첫 시집을 냈잖아요.
그러고 보면 역시 젊음과 늙음의 기준은 나이에 있지 않고 마음에 있어요. 스무 살이라고 해도 그 어떤 것에서도 기쁨을 느끼지 못하고 어깨를 축 늘어뜨리고 있으면 그 사람은 노인이에요. 그러나 여든, 아흔, 백 살이라고 해도 언제나 이상을 가지고 있고 고마워하는 겸손한 마음과 기쁨이라는 생기를 가지고 있다면 그 사람은 청춘인 거예요.

엄마가 언제나 하시는 말이 있지요. 요양원에서도 엄마의 이 대사는 유명합니다. 하루에 아마 백 번 이상 할걸요. 자식들에게도, 다른 사람들에게도 만날 때마다 하는 말, 눈빛에, 두 볼에, 입술에 진심을 담아 하는 말이지요.
"고맙습니다."
"아이고, 고맙습니다."
"정말 고맙습니다."
그 말을 할 때 엄마의 볼은 진심이 담겨 분홍빛으로 물들어요. 그래서 스무 살 새색시 같아요.

엄마는 아직도 수줍음이 참 많아요. 그리고 단정하고 말끔하시죠. 몸가짐을 아무렇게나 흐트리는 것을 본 적이 없어요. 그리고 언제나 행복하다고 하시죠. 너희가 있어서 행복하다고……

또 꽃을 보고 예쁘다, 예쁘다 하시면서 우리에게도 "저 꽃 좀 봐라." 하십니다. 꿈꾸듯 하늘도 자주 보시고, 창밖 풍경에 시선을 뺏길 때도 많으시죠.

젊음이 인생의 시기가 아니라 심리 상태라고 하니, 엄마는 평생 젊은 사람입니다.

빛나는 별이여

_존 키츠 John Keats

빛나는 별이여, 내가 너처럼 변함이 없다면

밤하늘에 높이 매달려 외로운 광채를 발하며,

자연에서 인내하고 잠을 자지 않는 은둔자처럼

두 눈을 영원히 감지 않은 채

출렁이는 바닷물이 사제처럼

이 땅에서 인간의 해안을 적시며

깨끗하게 해주는 모습을 지켜보거나,

산악과 황야에 소리 없이 내려앉으며

모든 것을 덮어버리는 눈을 응시하지는 않을 텐데.

그렇게 하지 않고, 오히려 한결같이 변함없이

사랑하는 여인의 농염한 가슴에 머리를 얹고

그 가슴이 부드럽게 오르내림을 느끼며

달콤한 불안감에 잠들지 못하더라도

하지만, 하지만 그녀의 감미로운 숨소리를 들으며

그렇게 영원히 살 텐데.

그렇지 않으면 숨 막혀 죽을 수밖에.

살다 보면 "엄마, 너무 힘들어." 하는 소리가 독백처럼 나올 때가 있어요. 그렇다고 엄마에게 힘든 것을 내색하지는 않지요. 그건 차마 못할 일이니까요.

어릴 때는 엄마에게 어리광을 많이 부렸어요. 초등학교 다닐 때는 학교에서 돌아오던 길에 빗속의 바다를 보고 덜컥 겁을 집어먹고 집으로 뛰어와 엄마 품에 얼굴을 묻기도 했지요.

내 마음이 진정이 되면 엄마는 "무사? 무사?"'왜'의 제주도 방언라고 물어. "바다에 비 쏟아지는 게 무서워서요."라고 말하면 엄마는 웃으며 꼭 안아주셨지요. 세상에서 가장 아름다운 것은 엄마의 품이라 생각해요.

이 시를 쓴 존 키츠1795~1821는 영국의 대표적인 낭만주의 시인이에요. 마부의 아들로 태어나서 어린 시절 양친을 다 잃고 동생까지 잃은 비운의 시인이기도 하지요.

그 시대의 귀족층이었던 바이런이나 셸리와는 달리 키츠는 당시 이름난 시인들이 주로 다니던 옥스퍼드대 같은 명문 대학에서 공부를 하지는 못했지만, 뛰어난 머리와 영감을 가진 시인이었어요. 시를 쓰면서 의학을 공부해 5년 만에 의사 시험에도 합격했답니다.

무엇보다 키츠에게는 세상 속에 존재하는 모든 아름다운 것들에 대한 끊임없는 애정이 있었어요. '아름다운 것은 영원한 기쁨'이라고도 노래했지요. 사랑하는 여인 패니 브라운에게 쓴 주옥같은 시들은 지금 읽어도 눈부시고 빛이 나요. 25세에 폐결핵으로 요절한 게 아까울 따름이죠.

천재 시인 키츠는 이런 말을 남겼어요.

> 시가 나무에 잎이 생기듯 자연스럽게 생기지 않는다면
> 아예 안 생기는 것이 낫다.

시인은 정말 타고나야 하는 건가 봐요. 두근거림, 설렘을 심장에 늘 장착하고 사는 사람들이 시인이라 생각해요.

결실과 장미

_ 에드거 게스트 Edgar Guest

작든 크든

여기저기에 온갖 꽃이 자라는

멋진 정원을 갖고 싶다면

허리를 굽혀 땅을 파야 한다.

원한다고 얻어지는 건

이 땅에 거의 없으니

그 어떤 것이라도 가치가 있는 것을 원한다면

그것을 얻기 위해 힘껏 노력해야 한다.

그대가 어떤 목표를 추구하든 상관없다.

결실과 장미꽃을 얻고 싶다면

쉬지 않고 땅을 파야 한다.

이것이 목표를 성취하기 위한 비밀이다.

저는 엄마가 맘껏 쉬시는 것을 본 적이 없어요. 언제나 새벽부터 밤늦게까지 부지런히 일을 하셨죠. 과수원에 일하는 사람이 있었지만 엄마는 그 사람에게 지시를 내리지 않았어요. 몸소 일을 해서 그 사람이 따라서 일을 하게 만드셨지요.

많이 바쁜 집안이라 부엌일을 하는 언니도 있었지만 엄마는 이거 해라 저거 해라 시키지 않으셨어요. 한 번도 야단치지도 않으셨어요. 그저 먼저 일해서 그 언니가 따라 하게 하셨지요.

엄마가 낮잠을 주무시는 것을 한 번도 본 적이 없어요. 엄마의 휴일은 비 오는 날이라고 했지만, 사실 비 오는 날에도 엄마는 쉬지 않고 일했지요. 맑은 날 과수원에 나가서 일하느라 못했던 집안일을 다 꺼내서 하셨으니까요.

엄마를 생각하면 저는 게으를 수가 없어요. 지칠 수도 없어요. 부지런히 일하다가도 문득 저는 엄마의 발뒤꿈치도 못 따라간다 생각하곤 해요.

많이 힘들어 쓰러질 것만 같던 어느 날, 딸의 상황을 짐작하신 엄마가 그러셨죠. 보름달도 그믐달이었던 때를 지나 보름달이 되었다고. 영원한 그믐달도, 영원한 보름달도 없다고. 힘든 시간이 꽉

정
림

차면 그때는 환한 보름달이 되는 거라고. 누구의 인생에도 예외
는 없으니 지금 힘든 것을 잘 견디라고…….

엄마의 딸답게 저한테 주어진 일, 부지런히 하고 있어요.
그러니 결실이 있겠지요? 나의 정원에도 장미가 피어나겠지요?

봄비

_ 변영로

나직하고, 그윽하게 부르는 소리 있어,

나아가 보니, 아, 나아가 보니—

졸음 잔뜩 실은 듯한 젖빛 구름만이

무척이나 가쁜 듯이, 한없이 게으르게

푸른 하늘 위를 거닌다.

아, 잃은 것 없이 서운한 나의 마음!

나직하고, 그윽하게 부르는 소리 있어,

나아가 보니, 아, 나아가 보니—

아렴풋이 나는, 지난날의 회상같이

떨리는, 뵈지 않는 꽃의 입김만이

그의 향기로운 자랑 안에 자지러지노니!

아, 찔림 없이 아픈 나의 가슴!

나직하고, 그윽하게 부르는 소리 있어,

나아가 보니, 아, 나아가 보니—

이제는 젖빛 구름도 꽃의 입김도 자취 없고

다만 비둘기 발목만 붉히는 은실 같은 봄비만이
소리도 없이 근심같이 나리누나!
아, 안 올 사람 기다리는 나의 마음!

정연

봄비가 내리면 자꾸 엄마가 부르는 것 같아 창밖을 내다보게 되네요.
"정희야, 정연아, 정림아, 정미야!"
넷이나 되는 딸 이름을 차례대로 부르고는 "비가 오니까 이거 먹고 놀아라." 하시면서 큰 접시에 부침개나 고구마튀김, 도넛을 담아 내놓으실 것 같아서요.

엄마가 늘 우리에게 주려고만 하셔서 아버지가 걱정하셨죠. 공주처럼 자라 아무것도 할 줄 모르는 딸들이 앞으로 어떻게 살아갈지 큰일이라고 한숨도 쉬셨죠.
큰언니는 결혼해서 제주도에 정착하고, 밑의 세 자매가 나란히

서울에서 대학에 다니게 되자, 아버지는 아주 작정하셨어요. 고
생 한번 제대로 시키려고요.

작은오빠네 집에 살던 세 자매가 독립해서 자취를 할 무렵이었어
요. 보문동 바깥채 방 하나에 우리 세 자매가 세 들어 살았지요.
봄비가 내리고 꽃샘추위로 갑자기 기온이 떨어져서 그날 연탄을
급하게 뗐습니다.
그런데 뒷날 새벽, 셋 다 연탄가스를 마시고 말았지요. 정림이는
방 문가에 쓰러져 있고, 막내는 방을 나가다가 마당에 쓰러졌어
요. 저는 기다시피 나가서 주인아줌마를 소리쳐 불렀지요. 주인
아줌마가 급히 가져온 김치 국물을 막내 입에 넣어주었고, 차례
차례 우리도 마셔서 목숨을 건졌어요.

그 사실을 알고 엄마가 울부짖으면서 아버지에게 호소했고, 아버
지는 그길로 서울로 와서 집을 옮겨주셨어요. 아버지는 엄마에게
좋은 집 얻어주었다고 걱정 말라고 했지만, 아버지가 얻어준 새
로운 집 역시 썩 좋은 집은 아니었어요.
이층 양옥집의 반지하 방이었는데, 4월에 내린 비가 방에 스며들
어 우리 일기장 박스가 다 젖은 기억이 나요. 오랫동안 간직해 오

던 소중한 일기장들이 펼 수도 없게 들러붙어 버렸더라고요. 보물처럼 여기던 거라 그때는 그게 아까워서 미칠 뻔했어요. 아버지도 조금 원망스러웠어요. 그러나 그런 거 없어도 이렇게 잘 살고 있네요.

아버지는 늘 젊어 고생은 사서도 한다며 대학 다닐 때 우리에게 고생을 많이 시켰지요. 그때는 그게 서럽고 슬펐는데 지금 생각하면 그렇게 고생하면서 우리 자매들이 더 끈끈해진 거 같아요.

푸른 오월

_ 노천명

청자빛 하늘이
육모정 탑 위에 그린 듯이 곱고
연못 창포 잎에 여인네 맵시 위에
감미로운 첫여름이 흐른다.

라일락 숲에
내 젊은 꿈이 나비처럼 앉은 정오
계절의 여왕 오월의 푸른 여신 앞에
내가 웬일로 무색하고 외롭구나.

밀물처럼 가슴속으로 몰려드는 향수鄕愁를
어찌하는 수 없어
눈은 먼 데 하늘을 본다.

긴 담을 끼고 외딴길을 걸으며 걸으며
생각이 무지개처럼 핀다.
풀 냄새가 물큰

향수_{香水}보다 좋게 내 코를 스치고

청머루 순이 뻗어 나오던 길섶
어디메선가 한나절 꿩이 울고
나는
활나물, 호납나물, 젓가락나물, 참나물을 찾던
잃어버린 날이 그립지 아니한가, 나의 사랑아.

아름다운 노래라도 부르자.
서러운 노래를 부르자.

보리밭 푸른 물결을 헤치며
종달새 모양 내 마음은
하늘 높이 솟는다.

오월의 창공이여!
나의 태양이여!

공무원 남편을 둔 덕분에 엄마는 부인회 활동을 하셔야 했지요.
모임에서 종종 연설을 할 때도 있었어요. 언젠가 엄마의 연설을
들은 적이 있었는데 연습도 없이, 원고도 없이 진솔한 얼굴로 뭔
가를 호소하는 모습이 정말 멋지게 보였어요.

얼마 전에 엄마를 뵈러 온 이웃 아주머니가 이런 말을 했죠?
"그때 단상에 올라 탁자를 두드리며 연설하던 그분 어디 갔어요?"
그러자 엄마가 이렇게 대답하셨지요.
"나도 그 사람이 그립네. 그 사람 좀 내 앞에 데려다줘."
젊은 시절의 당신이 그립다고, 그 사람 좀 데려다달라던 엄마 말
씀을 이웃 아주머니는 농담으로 여기고 웃었지만 제 마음은 아팠
답니다.

어린 시절, 어버이날 행사에 나가시면서 한복을 곱게 입고 양산
을 들었던 엄마가 떠올라요. 푸른 오월에 그 모습이 얼마나 반짝
거리던지……. 꽃보다 햇살보다 계절보다 엄마가 더 아름다웠어
요. 그래서 괜스레 엄마 팔짱을 끼고 칭얼거렸지요. 불안했거든
요. 엄마가 너무 젊고 예뻐서…….
엄마와 함께한 즐거운 순간을 떠올려봅니다.

어린 네 자매가 엄마와 함께 목욕하던 그때, 엄마와 함께 노래 부르던 그때, 엄마가 끓여주신 맛있는 된장국을 먹던 그때, 우리 자매가 피곤한 엄마의 발마사지를 해드리던 그때…….

그 순간이 우리 가족에게는 계절로 치면 푸른 오월이에요.

지금 이 순간…… 엄마에게 시를 읽어드리는 이 시간도 지나고 나면, 반짝이는 아름다운 한때, 푸른 오월로 기억되겠지요.

자유

_ 폴 엘뤼아르 Paul Éluard

나의 학습장에
나의 책상과 나무에
모래 위에, 눈 위에
나는 너의 이름을 쓴다

내가 읽은 모든 책장에
하얀 백지에도 빠짐없이
돌과 피와 종이와 재 위에
나는 너의 이름을 쓴다

황금빛 조각에
병사들의 무기에
제왕들의 왕관에도
나는 너의 이름을 쓴다

정글과 사막에
새 둥지와 금작화에도

내 어린 시절의 메아리에도
나는 너의 이름을 쓴다

밤의 경이로움에
일상의 흰 빵에도
약혼의 계절에도
나는 너의 이름을 쓴다

푸른빛을 띠는 내 누더기에
햇살이 하루 종일 내리쬐는 연못에
달빛이 찬란하게 내리쬐는 호수에
나는 너의 이름을 쓴다

들판과 지평선에
새들의 날개에
그늘진 물레방아에
나는 너의 이름을 쓴다

새벽이 내뱉는 입김마다

바다와 거기에 떠 있는 배들에

들쭉날쭉한 산들에

나는 너의 이름을 쓴다

구름의 거품에

폭풍의 땀방울에

굵고 멋없는 빗줄기에

나는 너의 이름을 쓴다

온갖 형상으로 반짝이는 것에

여러 빛깔의 종들 위에

자연의 진실에

나는 너의 이름을 쓴다

깨어 있는 오솔길에

곧게 펼쳐진 길에

사람들로 붐비는 광장에
나는 너의 이름을 쓴다

불 켜진 등불에
불 꺼진 등불에
모여 앉은 나의 가족들에
나는 너의 이름을 쓴다

(중략)

파괴된 내 안식처에
무너진 내 등대에
내 권태의 벽에
나는 너의 이름을 쓴다

욕망 없는 부재에
벌거벗은 고독에

죽음을 향한 계단에
나는 너의 이름을 쓴다

회복된 건강에
사라진 위험에
기억조차 없는 희망에
나는 너의 이름을 쓴다

한 단어의 힘으로
나는 내 삶을 다시 시작한다
나는 태어났다, 너를 알기 위해서
너의 이름을 부르기 위해서

자유여!

이 시를 쓴 폴 엘뤼아르 1895~1952는 초현실주의의 대표적 시인으로 활약한 프랑스 사람이에요. '시인은 영감을 받는 자가 아니라 영감을 주는 자'라고 한결같이 주장했대요. 엘뤼아르가 말한 '자유'는 프랑스어로 '리베르떼liberté'라고 해서 사회적인 자유를 의미한다고들 해요. 프랑스 저항시의 백미로 알려진 시이기도 하니까요. 저는 우리 일상에서의 영혼의 자유를 말하고 싶어요.

언젠가 제가 이렇게 여쭤본 적 있지요.

"엄마는 사랑과 자유, 어느 것이 더 중요하다고 생각하세요?"

엄마는 사랑이라고 답하셨지요.

사랑보다 자유를 상위에 넣는 사람도 있지만 저도 엄마처럼 사랑이 최고라고 생각해요. 나는 사랑을 주고, 남에게는 자유를 주는…… 이런 사람이 최고라고 생각합니다.

그런데 그거 아세요? 엄마가 계셔서 우리는 그다지 자유롭게 살지 못해요. 엄마에게 잘 보이고 싶어서, 엄마를 기쁘게 해드리고 싶어서…… 엄마에게 슬픔을 주지 않으려고 참는 것도 있고, 더 기쁘게 해드리기 위해 노력하며 사는 것도 많아요.

엄마, 오래오래 우리의 삶을 구속해 주세요.

내 맘에 맞는 이

_ 정지용

당신은 내 맘에 꼭 맞는 이.

잘난 남보다 조그맣지만

어리둥절 어리석은 척

옛사람처럼 사람 좋게 웃어 좀 보시오.

이리 좀 돌고 저리 좀 돌아보시오.

고 쥐고 뺑 뺑이 지다 절 한 빈민 합쇼.

호. 호. 호. 호. 내 맘에 꼭 맞는 이.

큰말 타신 당신이

쌍무지개 홍예문 틀어 세운 벌로

내달리시면

나는 산날맹이 잔디밭에 앉아

기□슈를 부르지요.

「앞으로─가. 요.」

「뒤로―가. 요.」

키는 후리후리. 어깨는 산고개 같아요.
호. 호. 호. 호. 내 맘에 맞는 이.

정지용이 쓴 이 시는 꼭 엄마와 아버지가 처음 만났을 때의 상황을 그린 것 같아요.

종종 엄마와 아버지의 결혼 사진을 들여다봐요. 빛바랜 그 사진 속에서 전통 혼례를 올리는 스무 살 엄마와 아버지. 새색시 엄마는 수줍어 고개를 외로 꼬고, 새신랑 아버지는 뭐가 좋은지 연신 싱글벙글하시네요.

엄마는 마을에서 최고의 신붓감이었다고 하지요. 그 곱고 참한 엄마를 영리한 아버지가 높은 경쟁률을 뚫고 차지했다고 했어요.

65년을 함께 사셨으면서, 돌아가신 후에도 그리워하는 천생연분 엄마와 아버지.

그런데 두 분이 다른 점도 참 많았죠. 아버지는 낭만을 추구하던 분이셨어요. 그래서 로맨틱한 순간을 위해서 쓰는 돈을 아끼지 않으셨죠. 햇살 좋은 날이면 커피 전문점에서 맛 좋은 커피 한 잔을 사서 햇살 아래 앉아 음미하시는 걸 좋아하셨어요. 그러면 엄마는 커피는 집에서 드시면 될 텐데 왜 거기다 돈을 쓰냐고 나무라셨어요.

아버지는 또 멋쟁이셨잖아요. 멋진 모자를 위해 돈을 투자하셨고, 철마다 양복을 맞춰 입으셨어요. 반대로 엄마는 자식들 옷을 사는 데는 돈을 아끼지 않았지만 당신 멋을 부리는 데는 인색하셨어요. 아버지는 늘 엄마에게 멋 좀 부리고 다니라고 하셨지만 엄마는 일하기 편한 옷, 일하기 좋은 헤어스타일을 하고 평생 사셨지요.

아버지는 한복 입은 엄마 모습을 가장 좋아하셨어요. 목이 사슴처럼 길고 어깨가 소박해서 한복이 잘 어울리는 엄마. 그래서 엄마는 아버지와 모임에 나가실 때는 항상 한복을 입으셨죠.

취향을 맞춰가며, 마음의 조각을 맞춰가며 서로가 서로에게 스며들어 살아가는 부부. 두 분은 우리에게 부부란 어떤 것인지를 몸소 보여주셨어요.

하늘이 수놓은 천이 있다면

_ 윌리엄 버틀러 예이츠William Butler Yeats

나에게 금빛과 은빛으로
하늘이 수놓은 천이 있다면,
어둠과 빛과 어스름이 지어낸
푸르고 어둑하고 검은 천이 있다면,
그 천을 그대의 발아래 펼쳐놓으렵니다.
하지만 나는 가난하여 꿈밖에 가진 것이 없으니
내 꿈을 그대의 발아래 펼쳐놓았습니다.
사뿐히 지르밟으소서, 내 꿈을 밟는 것이오니.

정연

언제부턴가 잠을 푹 못 자고 있어요. 잠깐 잠들어도 꿈을 많이 꾸게 돼요. 꿈이 아주 복잡해요. 어느 때는 새벽 1시에 깰 때도 있는데, 더 자려고 해도 잠이 안 와요.

어려서 무서워서 잠이 안 온다고 하면 엄마가 100까지 수를 세라고 하셨죠. 숫자만 세면 너무 빠르니까 양 한 마리, 양 두 마리, 양 세 마리……, 백 마리까지 세면 잠이 든디고요.

어릴 때는 '양 열 마리'까지 세기도 전에 잠들었어요. 그러나 요즘은 그렇게 헤아린 양이 지구 한 바퀴가 되는데도 '잠 못 드는 밤, 비는 내리고'가 아니라, '잠 못 드는 밤, 잠은 안 오고'예요. 아무래도 제 마음에 걱정이 많나 봐요.

독일에서 지낼 때, 남편이 걱정이 많은 저를 보고 '프라우 조르게Frau Sorge; 걱정 부인'라고 부르곤 했는데, 제가 요즘 다시 프라우 조르게가 되어 있네요.

걱정이 많다는 것은 욕심이 크다는 걸까요? 잘 때는 걱정도 로그아웃을 하고 자야 하는데 그렇지 못해요. 엄마에 대한 그리움도 로그아웃을 하고 자야 하는데 그렇지 못해요. 아버지가 떠나시고 엄마가 혼자 되신 후부터 늘 걱정이 되는 걸 어쩌겠어요.

긴긴 밤 문득 엄마 말씀이 떠올랐어요. 밤에 꾸는 꿈도 좋지만, 낮에 꾸는 꿈은 진짜 꿈이라던……
언젠가 엄마에게 꿈이 뭐냐고 여쭤봤더니 엄마가 그러셨죠.
"너희들 건강하게 잘 사는 게 내 꿈이야."
그 말에 엄마의 진심이 가득 들어 있었지만, 그러나 엄마의 글들을 보면 엄마야말로 따뜻한 필체로 많은 사람의 마음을 움직이는 시를 쓸 수 있었을 텐데……. 시인이 되고 싶었던 엄마의 꿈을 저희가 막고 서 있지 않았나 싶기도 합니다. 우리들을 키우느라 엄마는 꿈 따윈 옆으로 치워놨을 테니까요.

'인생은 꿈으로 지어진 한 편의 시'라고 어떤 작가가 말했는데, 오늘 예이츠 시를 읊으며 엄마에게 내 마음을 바칩니다. 엄마를 사랑하는 마음을 엄마 발아래 깔아두었으니…… 사뿐히 밟으셔도 됩니다.

활짝 편 손에 담긴 사랑

_ 에드나 밀레이 Edna Millay

활짝 편 손에 담긴 사랑, 오직 그것밖에 없습니다

보석으로 장식되지도 않고 숨긴 것도 없습니다

상처를 주지 않으려는 바람밖에는.

손에 매달린 모자에 담긴 노란 야생화를,

혹은 치마에 담은 사과를 그대에게 주듯이

나는 당신에게 사랑을 드리겠습니다.

어린아이처럼 소리치며

"내가 무얼 가졌는지 보십시오! 이게 전부 당신 것입니다!"

엄마는 욕심이 너무 없어요. 용돈을 드리면 손에서 1분 이상 머물
지 못하죠. 앞에 있는 사람들에게 다 나눠주시니까요. 작은 선물
을 드려도 "내가 욕심이 너무 많다."며 다 나눠주십니다.

누가 곁에 있으면 언제나 두리번거리며 무언가를 찾아요. 무엇을
줄까, 줄 게 뭐 없을까 찾는 것입니다. 평생을 무엇을 가질까 욕
심내지 않고 무엇을 줄까 생각하며 사셨습니다. 그래서 우리 자
식들은 엄마에게 '법정 스님도 울고 갈 무소유의 소유자'라고 별
명을 붙였습니다.

평생 뭘 소유하기보다 나눠주기 바빴던 엄마. 뭔가를 더 드리고
싶지만 워낙에 소유에 관심이 없는 엄마이니 어떻게 해야 할까
요? 그저 시인처럼 가슴에 가득한 사랑을 드리며 외쳐볼까요?

"내가 무얼 가졌는지 보십시오!
이게 전부 당신 것입니다!"

당신을 어떻게 사랑하느냐고요?

_ 엘리자베스 브라우닝 Elizabeth Browning

당신을 어떻게 사랑하느냐고요?
어디 한번 말해볼까요

내 영혼이 다다를 수 있는
깊이와 폭과 높이까지 당신을 사랑합니다
존재와 완벽한 은총의 끝이
보이지 않는다고 느껴질 때까지.

햇살 아래에서도 촛불 옆에서도
하루하루 가장 평온한 순간에도
당신이 필요할 정도로 당신을 사랑합니다.

올바른 것을 위해 싸우는 사람들처럼
내 의지로 당신을 사랑합니다.
칭찬을 바라지 않는 사람들처럼
순수하게 당신을 사랑합니다.

과거에 서글픈 사건들에 쏟았던 열정과

내 어린 시절의 신앙심으로 당신을 사랑합니다.

내가 성자들을 잊은 까닭에

잃은 줄로 알았던 사랑으로 당신을 사랑합니다.

이 땅에서는 평생 내 숨결과 미소와 눈물로

당신을 사랑하렵니다.

주님이 허락하신다면

죽어서도 당신만을 더욱 사랑할 겁니다.

정연

몇 년 전, 아이가 축구하다가 크게 다친 적이 있어요. 큰 대회에
서 헤딩하려고 힘껏 솟구치다가 옆 사람과 격하게 부딪치면서 그
대로 머리가 땅으로 떨어진 사고였어요. 중환자실에서의 일주일,
그 숨 막히던 마음은 이루 말할 수 없었습니다. 살이 떨리고 그저
건강만 찾게 해달라고 기도하는 마음이었습니다.

일반 병실로 옮겨서 다 회복하고 병원을 나오던 날, 아이가 그러

더군요.

"직립 보행할 수 있는 게 얼마나 행복한 건지 이제야 알겠네요."

그래요. 아이가 아프면 엄마도 아프고, 아이가 웃으면 엄마도 행복합니다. 엄마의 삶에는 아이의 인생도 같이 있지요. 별개의 인생일 수가 없음을 깨닫습니다.

영국의 어느 상담사 이야기를 들은 적이 있어요. 그 상담사에게 어떤 소년이 엄마와의 문제를 상담하고 있었대요. 아마 엄마가 최악의 엄마였던 모양이에요. 그런데 그 상담사가 소년에게 이렇게 말했다고 해요.

"세상의 그 어떤 어머니일지라도, 자식은 어머니에게 이미 빚을 지고 있는 거야. 이 세상에 태어나게 해주셨으니까. 네 어머니도 너를 열 달간 잉태하고 그 고통을 견디며 너를 낳아주셨잖니. 넌 어머니에게 이미 빚을 지고 있는 거야."

그 어떤 어머니라고 해도 자식은 어머니에게 빚을 지고 있는 것이라는데, 우리 강지하 여사님은 최고의 엄마이니 우리는 얼마나 많은 빚을 지고 있는 건가요? 감사한 마음을 담아 이 시를 읽을 때는 특별히 애교스럽게 읽어드릴게요.

엄마에 대해 생각하다가 짧게 메모해 둔 글을 붙여봅니다.

엄마는 시다.

굴곡진 세월을 살아오면서

엄마는 시가 되었다.

이제 우리는 시가 조금씩 보이기 시작하고,

한 해 한 해 연륜을 더해갈수록

시 같은 엄마를 조금씩 닮아갈 것이다.

비 오는 날

_ 헨리 워즈워스 롱펠로 Henry Wadsworth Longfellow

춥고 어둡고 음울한 날,

비가 내리고 바람은 지칠 줄 모르네

담쟁이덩굴은 허물어져가는 담에 꼭 달라붙어 있지만

바람이 휘몰아칠 때마다 죽은 잎은 떨어지네

여전히 어둡고 음울한 날.

춥고 음울하고 쓸쓸한 내 삶,

비가 내리고, 바람은 지칠 줄 모르네

내 생각들은 허물어져가는 과거에 꼭 달라붙어 있지만

젊은 시절에 품은 희망들은 바람에 와스스 떨어지네

여전히 어둡고 음울한 내 삶.

흔들리지 마라, 슬픈 가슴이여, 불평을 멈춰라

구름 뒤에는 태양이 여전히 빛나고 있으니

네 운명은 모두에게 공통된 운명

누구의 삶에나 약간의 비는 내리는 법

어둡고 음울한 날을 완전히 피할 수는 없는 법.

아주 잘나가는 사람을 보면 자괴감이 들 때가 있었어요.

"저 사람이 저렇게 하는 동안 나는 뭘 하며 살았을까……."

내가 가는 길은 높고 험하고 장애물이 많은 울퉁불퉁 자갈길인데, 그 사람이 가는 길은 쭉쭉 뻗은 속도 무제한 고속도로인 것처럼 느껴질 때가 있었어요. 내가 짊어진 짐은 무거운 쇳덩어리인데, 그의 짐은 솜털처럼 가볍게 느껴질 때가 있었어요.

어느 날, 엄마가 그러셨지요.

"너보다 더 힘든 사람들을 생각해. 항상 낮은 곳을 보고 살아야 한다."

엄마 말씀처럼 나의 짐은 보이는데 남의 짐은 뵈지 않는 것일 뿐, 모두 똑같은 무게의 짐을 등에 지고 있더라고요. 서로 손을 내밀어 함께 동행해야 하는 이유, 바로 여기에 있는 것이겠지요.

엄마, 이제 걱정하지 마세요.

아침부터 저녁까지 슬픔에 차서 창밖만 보는 일은 없을 거예요.

차가운 창문에 이마를 대고 하룻밤을 꼬박 지새우는 일도 없을 서예요.

풀 한 포기 없는 이 길을 걷는 것은
담 저쪽에 내가 남아 있는 까닭이고,
내가 사는 것은, 다만
잃은 것을 찾는 까닭입니다.

4장

내가 사는 것은, 다만

해변의 묘지

_ 폴 발레리 Paul Valéry

비둘기들이 거니는 이 조용한 지붕

소나무들 사이에서, 무덤들 사이에서 요동친다

그곳에서 정의로운 정오는 불길로 만들어낸다

바다, 끊임없이 다시 시작되는 바다를!

오, 사유 후의 보상이여,

평온한 신들의 세계에 던지는 기나긴 시선!

맑게 반짝이는 빛의 순수한 힘이

미세한 거품으로 이루어진 많은 다이아몬드를 불태우고

한없는 평화가 잉태되는 듯하다!

태양이 심연 위에서 휴식을 취할 때

영구불변의 원리로 완성된 순수한 작품들,

시간은 반짝거리고 꿈은 지식이다.

변하지 않는 보물이여, 미네르바의 소박한 신전이여,

깊은 평온함이여, 겉으로 드러난 신중함이여,

얼굴을 찌푸린 물이여, 불꽃 장막 아래에

많은 잠을 감춘 눈이여,

아, 나의 침묵! 영혼 안의 건축물이여,

하지만 수많은 황금빛 기와로 꽉 찬 지붕이여!

바다를 향한 내 시선에 온통 둘러싸인 채

한 번의 한숨으로 요약되는 시간의 신전이여,

그 순수한 순간에 나는 오르고 익숙해진다.

그리고 신에게 바친 내 최고의 제물인 양

맑게 반짝거리는 빛은 높은 곳에

오만한 경멸을 흩뿌린다.

(중략)

바람이 분다! …… 살아봐야겠다!

거대한 공기의 흐름이 내 책을 열고 닫는다

파도가 산산조각 나며 바위틈에서 솟아나온다!

날아가라, 눈부신 책장들이여!

이 시를 쓴 폴 발레리1871~1945가 이런 말을 했답니다.

"생각하는 대로 살지 않으면 사는 대로 생각하게 된다."

엄마는 책도 많이 읽으셨고, 우리를 다 합친 것보다 똑똑하신 것 같은데 왜 자신을 내세우지 않고 뒤에서만 지내셨을까요?

엄마는 환갑이나 칠순 잔치, 이런 걸 하신 적이 없잖아요. 우리가 해드리겠다고 해도 엄마가 원치 않으셨고, 우리는 엄마 말씀대로 조촐하게 지냈지요.

엄마는 70대까지도 과수원에서 일하셨어요. 깡마른 체구에서 어떻게 그런 힘이 나오시는지……. 어쩌다 우리가 과수원을 따라간 날도 있는데, 엄마는 그때마다 우리에게 놀다오라고 하셨지요.

생각해 보면 우리는 다 커서도 철없는 아이들이었어요. 엄마는 늘 일하고, 우리는 늘 놀고……. 우리 과수원이 남아 있었다면 엄마는 지금도 일하고 계실 거예요.

과수원에서 돌아오신 엄마는 집에 오자마자 책부터 집어 드셨지요. 얼마나 책을 읽고 싶었으면 씻지도 않고 그토록 책에 몰입하셨을까요. 하지만 그것도 잠시예요. 30분 정도 책을 읽으시고는 부랴부랴 우리 저녁을 차려내느라 바쁘게 움직여야 했으니까요.

아버지 그늘에서만 조용조용 사신 엄마, 옆에서 늘 지켜보는 올
케언니가 "천상 여자이고 우아하고 천사 같으시다."고 했던 엄마,
책을 좋아했던 엄마…….
살아 계심이 아직은 행복하고 따뜻합니다. 그래서 엄마 손잡고
얼굴 부비다 옵니다. 아무리 힘들어도 저에게 이렇게 말합니다.

　　바람이 분다. 살아봐야겠다.

제주도 바람을 생각하며, 엄마를 생각하며 오늘도 스스로에게 외
칩니다.
"보름 불엄싱게. 살아봐사주." '바람이 분다. 살아봐야겠다.'의 제주도 방언

물물교환

_ 세라 티즈데일Sara Teasdale

삶은 사랑하고 싶은 것을 팝니다

온갖 아름답고 멋진 것을

절벽에 하얗게 부서지는 푸른 파도를

높이 치솟으며 흔들리고 노래하는 불꽃을

경이로움을 잔처럼 손에 쥐고

하늘을 올려다보는 어린아이들의 얼굴을.

삶은 사랑스러운 것을 팝니다

황금 곡선 같은 음악을

비에 젖은 소나무의 향기를

당신을 사랑하는 눈과 당신을 껴안는 팔을

영혼의 평온한 기쁨을 위해

밤하늘에 별을 뿌리는 신성한 생각을.

사랑스러운 깃을 위해 당신이 가진 모든 것을 나 바지세요

그것을 사세요, 값을 따지지 말고.

순수를 노래하는 평화로운 한 시간이면

다툼으로 잃어버린 많은 시간을 보상해 줄 테니까요.

한순간의 환희를 위해

당신이 가진 모든 것, 당신 자신까지도 다 바치세요.

엄마, 이 시를 쓴 시인이 이런 말을 했다고 해요.

"나의 노래를 만드는 것은 내가 아니라 나의 심장입니다."

정말 그런 것 같아요. 가수는 목소리로 노래하지만 시인은 심장

으로, 영혼으로 노래하는 사람 같아요.

〈물물교환〉이라는 딱딱한 제목을 가졌지만 이 시는 인생의 중요

한 진리를 담고 있지요.

세상의 철학서들을 다 집약해서 단 한 줄로 정리하라고 하면 이

런 진리가 나온다고 하잖아요.

"세상에 공짜는 없다."

그런데 우리는 인생에서 얻으려고만 하지 무엇을 내주려고는 하

지 않아요. 행복을 얻으려고 하면서도 감동을 느끼기 위해 시간을 투자하지 않아요. 사랑을 원하면서도 사랑을 위한 희생을 하려 들지 않아요. 타인의 친절을 바라면서도 정작 나는 타인을 배려하지 않아요.

세상의 모든 것은 물물교환이라는 엄격한 이치 속에 돌아가고 있는데 뭘 내놓으려고는 하지 않으면서 자꾸 달라고 졸라대는 악동들, 그게 우리 모습인 것 같아요.

'삶은 모든 것을 준다'가 아니라 '삶은 모든 것을 판다'고 시인은 쓰고 있네요. 이 시를 쓰고 나서 시인은 원고 가장자리에 이렇게 적어두었다고 해요.

"삶은 거저 주지 않고 판다."

그러면서 시인은 모든 것을 다 바쳐서라도 이 순간의 기쁨을 사라고 말하고 있네요.

엄마와 눈빛을 마주하기 위해 들인 시간은, 기쁨에 비하면 아주 작은 소비입니다. 우리는 아주 작은 값에 정말 큰 행복을 얻고 있습니다.

그 사람을 가졌는가

_함석헌

만리길 나서는 길

처자를 내맡기며

맘 놓고 갈 만한 사람

그 사람을 그대는 가졌는가

온 세상 다 나를 버려

마음이 외로울 때에도

'저 맘이야' 하고 믿어지는

그 사람을 그대는 가졌는가

탔던 배 꺼지는 시간

구명대 서로 사양하며

'너만은 제발 살아다오' 할

그 사람을 그대는 가졌는가

불의의 사형장에서

'다 죽어도 너희 세상 빛 위해

저만은 살려두거라' 일러둘
그 사람을 그대는 가졌는가

잊지 못할 이 세상을 놓고 떠나려 할 때
'저 하나 있으니' 하며
빙긋이 웃고 눈을 감을
그 사람을 그대는 가졌는가

온 세상의 찬성보다도
'아니' 하고 가만히 머리 흔들 그 한 얼굴 생각에
알뜰한 유혹을 물리치게 되는
그 사람을 그대는 가졌는가

정연

가졌는가, 가졌는가, 이렇게 '사람을 가졌는가'를 묻고 있네요.
그래요, 나를 믿어주는 사람, 그 한 사람만 있다면 다른 게 무슨
필요가 있겠어요? 하나가 필요한데 둘을 가지려 하지 않는 것, 그
것이 무소유의 출발이라고 하죠.

필요한 것은 오직 하나, '사람'이에요.

엄마에게 시를 읽어드리며 "제게는 이런 사람이 몇 사람은 돼요.
제 친구들은 이런 사람이거든요."라고 하자 엄마가 그러셨죠.
"참 좋은 사람이 되어주길 바라지 말고, 네가 참 좋은 사람이 되어
주어라."

엄마 딸인 저는 왜 이렇게 엄마와 달리 형편없을까요? 엄마는 군
살 없는 체형에 45kg대를 늘 유지하시는데 저는 다이어트 10년
째이고, 매해 잃어버린 쇄골을 찾아서 새롭게 다이어트에 돌입하
는데 매해 실패합니다. 엄마는 식탐이 전혀 없으신데 저는 빵을
너무 좋아해서 맛있는 빵집을 순례하다가 통장 잔고가 '빵'이 된
적도 있지요.

이제는 내 자신이 아니라 엄마를 위해서 뭔가 사드리고 싶은데
정작 뭘 사야 할지 모르겠어요. 이제는 외출이 힘들어 스카프도
못 하시는데, 산책이 힘들어 가방도 필요 없는데, 외출하지 못하
시니 외출복도 필요 없는데, 외식하러도 못 가시니 상품권도 필
요 없고, 군것질거리 사러 밖에도 못 나가시니 지갑도 필요 없는

데…… 고민고민하다 떠올랐어요.

아, 엄마 뺨은 아직 우리 곁에 살아 있지요! 향기 좋은 로션을 샀어요. 엄마 목을 따뜻하게 감쌀 화사한 스카프도 하나 샀어요. 앉아 계시는 엄마 발을 감싸줄 예쁜 양말도 샀지요.

엄마, 이제는 제발 다른 사람에게 다 나눠주지만 말고 엄마가 바르고 엄마가 두르고, 신으세요.

만약 그대가 가을에 오신다면

_ 에밀리 디킨슨 Emily Dickinson

만약 그대가 가을에 오신다면
나는 여름의 옆을 스치고 지나가렵니다
반쯤은 미소를 띠고 반쯤은 콧방귀를 뀌며
가정주부가 파리에게 그렇게 하듯이.

만약 내가 일 년 안에 그대를 볼 수 있다면
한 달 한 달을 공처럼 감아
하나하나를 서랍에 따로 넣어두렵니다
하나하나를 다시 꺼낼 시간이 올 때까지.

만약 수세기나 늦추어진다면
내 손가락을 하나씩 빼가며
그 시간을 헤아려보렵니다
내 손가락들이 밴 디멘의 땅*에 이를 때까지.

결국 그렇겠지만, 이 삶이 끝난 후
그대와 내가 함께한다면

이 삶을 껍질처럼 저쪽에 던져버리고
영원을 맛보렵니다.

하지만 지금, 시간의 불확실한 날개의
길이를 전혀 모르는 까닭에
그런 무시가 나를 괴롭힙니다
언제 침을 쏠지 모르는 도깨비 벌처럼.

* 밴 디멘의 땅 : 오스트레일리아 남동부에 있는 태즈메이니아 섬

이 시를 쓴 시인 에밀리 디킨슨은 머리가 완전히 폭발할 듯한 느낌을 받을 때 시를 썼대요. 아마 이 시를 쓸 때 시인은 그리움으로 가슴이 폭발할 듯했나 봐요.

어느 날 방 안에 혼자 있던 엄마가 우두커니 먼 창밖을 보며 중얼거리시던 것을 들었어요.
"나도 데려가요. 당신 있는 곳으로 나도 얼른 데려가요."
아버지와 둘이서 지내던 집에서 혼자 고독을 견뎌야 했던 엄마.
아버지를 얼마나 그리워하셨을까 생각하면 가슴이 아립니다.

아버지 무덤에 같이 갔을 때 엄마는 아버지 옆자리를 가리키며 말씀하셨지요.
"이 자리는 내 자리다."
걱정 말라고 엄마 자리라고 말해도 엄마는 불안한지 자꾸만 강조하셨어요.
"너희 아버지 옆자리는 내 자리다."
다른 욕심은 하나도 없는데 아버지 곁에 있으려는 욕심만 가지고 계신 우리 엄마.
엄마에게 하나 말씀드리지 못한 게 있어요. 아버지가 돌아가시기

전에 저에게 그러셨어요.

"나보다 너희 엄마가 훨씬 오래 사실 거다. 마음에 욕심이 없고, 평생 소식을 하고 살았고, 뭐 안 좋은 일을 한 적 없으니 말이다."

아버지의 그 말씀 속에는 나중에 혼자 남으실 엄마에 대한 걱정이 들어 있었어요. 아마 지금도 아버지는 하늘 어디쯤에서 그저 소녀처럼 착하고 맑아서 세상사에는 서툰 엄마를 걱정하고 계실 거예요.

엄마, 아버지의 육신은 가을에 지는 낙엽처럼 홀연히 떠나버렸지만 아버지의 마음은 사계절 내내 엄마 곁에 있어요.

봄은 간다

_ 김억

밤이도다
봄이도다.

밤만도 애달픈데
봄만도 생각인데

날은 빠르다
봄은 간다

깊은 생각은 아득이는데
저 바람에 새가 슬피 운다

검은 내 떠돈다
종소리 빗긴다

말도 없는 밤의 설움
소리 없는 봄의 가슴

꽃은 떨어진다

님은 탄식한다.

정연

우리가 자란 후에는 엄마와 아버지가 서로의 불만을 저희들에게
털어놓은 적도 있으셨지요. 언젠가 전화를 드렸을 때 아버지가
그러셨어요.

"너희 엄마가 커피를 사발에 타주더라."

아버지에 이어서 전화를 받은 엄마가 좀 더 차분하게 그날의 상
황을 다 말씀해주셨어요.

"목욕을 하고 있는데 안방에서 너희 아버지가 크게 부르시더라.
'전화가 왔나?' 하고 옷을 부랴부랴 걸치고 나오자 너희 아버지가
'커피 한 잔 타줘.' 하는 거야. 어이가 없었지만, 그래도 커피를 타
서 갖다 주고 다시 목욕을 이어서 했지. 그런데 조금 후에 너희
아버지가 또 급하게 부르더라. 이번에는 정말 전화가 왔나 보다
생각하고 달려갔더니 "한 잔 더 타." 하더라고. 그래서 또 부를까

봐 아예 큰 사발에 커피를 타서 갖다 줬지. 그런데 그걸 가지고 사발에 커피 타주는 사람이라고 딸에게 일러바치네……."

아버지와 엄마는 생각해 보면 많이 다르셨어요. 아버지는 식탁보도 예쁜 것을 깔고 인테리어도 예쁘게 하고 사시는 것을 좋아하셨는데, 엄마는 소탈하고 꾸밈이 없는 것을 좋아하시고 집 안 꾸밀 시간에 책을 한 줄이라도 더 읽고 싶어 하셨죠. 식생활도 단출한 것을 좋아하셨고요. 언젠가 아버지가 서울 우리 집에서 며칠 머무셨을 때, 제가 만든 쌈장을 보고 너무나 감탄하셨죠. 양파와 풋고추도 많이 썰어 넣고 참기름으로 번드르르 빛나는 쌈장이 정성이 있어 보이고 맛있어 보인다고 칭찬하셨죠. 그 칭찬 안에는 '너희 어머니도 이렇게 좀 만들어주면 좋을 텐데.' 하는 바람이 들어 있었습니다.

그러면 또 엄마는 "사위가 도와주는 거 보라."고 "당신은 주방에 한번 들어온 적 없으면서 그런 소리를 한다."고 한마디하셨어요. 엄마가 아버지에 대해 툴툴거리신 적도 있었지요. 그런데 그거 아세요? 그럴 때마다 우리는 조심해야 했어요. 엄마 얘기에 맞춰 드리려고 아버지 흉을 좀 보면 엄마 얼굴이 하얗게 변하시며 정색을 하셨잖아요.

"너희 아버지, 참 훌륭하신 분인데 너희들이 그러면 안 된다."
이렇게 말씀하시면서요.
엄마가 아버지에 대해 어쩌다 한두 마디 툴툴거리실 때 우리는
이렇게 말해야 했어요. "엄마, 솔직히 아버지만큼 멋진 분은 없어
요."라고. 그래야 엄마 얼굴이 펴지셨지요.

우리의 아버지, 엄마의 짝인 그 아버지가 이제는 세상에 안 계시
네요. 예고 없이 찾아온 이별이라 그런지 아직도 꿈같아요.
엄마와 아버지와 우리들이 옹기종기 모여 앉아 정겹게 반찬 다툼
하며 밥을 먹던 때가 엊그제 같은데…… 너무 안타까워요.

생일

_ 크리스티나 로세티 Christina Rossetti

내 마음은 물오른 가지에

둥지를 틀고 노래하는 새,

내 마음은 커다란 열매에

가지가 휘늘어진 사과나무,

내 마음은 평온한 바다 속에서

아장아장 걷는 무지개 조개,

내 마음은 이 모든 것보다 즐겁습니다

내 사랑이 나를 찾아왔으니까요

나를 위해 비단과 솜털로 연단을 세워주세요

얼룩 모피와 자줏빛 보를 그 연단에 걸어주세요

그 연단에 비둘기와 석류를

백 개의 눈을 가진 공작을 새겨주세요

그 연단을 황금빛과 은빛 포도송이로

여러 잎과 은빛 백합으로 꾸며주세요

내 삶의 생일이 찾아오고

내 사랑이 나를 찾아왔으니까요.

음력 2월 16일, 세상이 봄빛으로 물들어갈 무렵에 엄마는 태어났지요. 사랑하는 울 엄마 강지하 여사님의 생신이 되면 우리는 들뜬 마음으로 선물을 준비합니다. 아주 작은 선물도 크게 받아들고 함박웃음을 지을 엄마를 상상하면서요.

저는 전생에 무슨 업적을 쌓았길래 엄마의 자식으로 태어났을까요? 엄마의 자식으로 태어나게 해주신 신께 감사합니다.

엄마가 계시기에 고통스러울 때마다 다시 힘을 냅니다.
엄마가 계시기에 눈물이 날 때마다 차라리 웃어봅니다.
엄마가 계시기에 무릎이 꺾일 때마다 주먹 쥐고 일어납니다.
엄마가 계시기에 땅을 보는 시선을 들어 하늘을 봅니다.

내 삶의 이유, 내 삶의 힘, 내 삶의 배경인 엄마.
강지하 여사님의 생신은 제 생일과 마찬가지입니다. 엄마의 사랑이 제게 온 날이니까요.

목마와 숙녀

한 잔의 술을 마시고

우리는 버지니아 울프의 생애와

목마를 타고 떠난 숙녀의 옷자락을 이야기한다

목마는 주인을 버리고 그저 방울 소리만 울리며

가을 속으로 떠났다 술병에서 별이 떨어진다

상심한 별은 내 가슴에 가벼웁게 부숴진다

그러한 잠시 내가 알던 소녀는

정원의 초목 옆에서 자라고

문학이 죽고 인생이 죽고

사랑의 진리마저 애증의 그림자를 버릴 때

목마를 탄 사랑의 사람은 보이지 않는다

세월은 가고 오는 것

한때는 고립을 피하여 시들어가고

이제 우리는 작별하여야 한다

술병이 바람에 쓰러지는 소리를 들으며

늙은 여류작가의 눈을 바라다보아야 한다

…… 등대에……

불이 보이지 않아도

그저 간직한 페시미즘의 미래를 위하여

우리는 처량한 목마 소리를 기억하여야 한다

모든 것이 떠나든 죽든

그저 가슴에 남은 희미한 의식을 붙잡고

우리는 버지니아 울프의 서러운 이야기를 들어야 한다

두 개의 바위 틈을 지나 청춘을 찾은 뱀과 같이

눈을 뜨고 한 잔의 술을 마셔야 한다

인생은 외롭지도 않고

그저 잡지의 표지처럼 통속하거늘

한탄할 그 무엇이 무서워서 우리는 떠나는 것일까

목마는 하늘에 있고

방울 소리는 귓전에 철렁거리는데

가을바람 소리는

내 쓰러진 술병 속에서 목메어 우는네…….

초등학교 때 일이었어요. 어느 날, 집에 들어갔는데 엄마가 저녁 준비를 하고 계셨어요. 그런데 좀 이상한 느낌이 들었어요. 얼핏 얼굴을 보니 엄마가 울고 계신 거예요. 너무 놀라서 처다봤더니 엄마가 '양파가 유난히 맵다.'고 하셨어요. 철없고 어린 저였지만 양파 때문에 우는 것과 다른 일로 우는 것을 구별할 수는 있었어요. 껍질이 벗겨지면서 드러나는 양파의 하얀 속살과 함께 엄마의 울음도 커져갔지요.

제가 계속 처다보니 엄마는 매운 양파를 탓하며 양파를 던져버리셨어요. 종이쪽지 하나 던지는 모습을 보인 적이 없는 엄마였기에 그날 저는 엄마에게 뭔가 큰일이 벌어지고 있음을 알 수 있었지요.

그러나 모른 척할 수밖에 없었어요. 엄마가 그렇게 양파를 던지며 우신 것은, 그 자체로 저에게 큰 충격이었거든요.

그날 엄마에게 무슨 일이 있었던 걸까요? 아버지가 엄마에게 상처를 준 것일까요? 엄마가 말씀을 해주지 않으시니 알 수가 없습니다.

"그날 왜 우셨어요?"라고 묻고 싶지만, 엄마는 슬픈 일은 절대로 반추하지 않는 것을 알기에 여쭤보지 않습니다.

생각해 보면 우리 딸들은 엄마에게 친구가 되어드리지 못했어요.
엄마의 기쁨은 되었을지언정 친구는 되어드리지 못했네요. 우리
끼리 노느라고 엄마 얘기는 별로 들어드리지 못했네요.

네 잎 클로버

_ 엘라 히긴슨 Ella Higginson

난 알고 있어요

태양이 황금처럼 빛나고

벚꽃이 눈처럼 터질 듯한

그 아래에 세상에서 가장 아름다운 곳,

네 잎 클로버가 자라는 곳을.

당신도 아시겠지만

한 잎은 희망, 또 한 잎은 믿음,

또 한 잎은 사랑을 뜻하지요

그런데 하느님이 행운을 뜻하는 또 한 잎을 주셨지요

조심스레 찾아보면 네 잎 클로버가 자라는 곳을 찾아낼 수

있을 거예요

하지만 희망을 갖고 믿음이 있어야 해요

사랑하고 강해야 해요. 그런 후에

할 일을 다하고 기다리면

네 잎 클로버가 자라는 곳을 찾아낼 수 있을 거예요

행운의 네 잎 클로버…… 잎사귀가 네 개인 클로버에는 비밀이 있어요. 희망, 믿음, 사랑, 세 가지 잎의 이름은 밝히지만 네 번째 잎의 이름은 밝힐 수가 없는 것이랍니다.

그 비밀은 무엇일까요?
내가 찾아야 하는 내 인생의 열쇠가 바로, 네 번째 잎사귀의 이름 이겠죠.

아이의 통통한 두 볼 때문에 열심히 일할 수 있다면 아이가 내 삶의 네 번째 클로버 잎입니다.
어머니의 주름진 얼굴 때문에 열심히 살아갈 수 있다면 어머니가 바로 내 삶의 네 번째 클로버 잎입니다.
언제나 나를 믿어주는 연인 때문에 꿈을 갖고 달려갈 수 있다면 연인이 바로 내 삶의 네 번째 클로버 잎입니다.

그 사람 때문에 아플 수도 없고, 그 사람 때문에 포기할 수도 없고, 그 사람 때문에 절망할 수도 없고, 그 사람으로 인해 희망을 갖고, 그 사람으로 인해 힘이 나고, 그 사람으로 인해 오늘도 열심히 할 수 있다면 그 사람이 곧 나의 네 번째 클로버 잎입니다.

네 번째 잎을 달아야 비로소 완성되는 내 삶의 행운……. 그 네
번째 잎이 바로 엄마였어요. 네 잎 클로버를 그토록 찾아다녔는
데 이제야 발견하다니……. 내 인생의 네 잎 클로버를 완성하고
그 행운을 가져다주는 우리 엄마…….

애너벨리

_ 에드거 앨런 포Edgar Allan Poe

아득히 오래전

바닷가 한 왕국에

당신이 애너벨리라는 이름으로

알고 있을지도 모를 한 아가씨가 살았습니다.

그 아가씨는 나를 사랑하고 나에게 사랑받는다는

생각밖에 하지 않으며 살았습니다.

바닷가 그 왕국에서

나도 어렸고 그녀도 어렸습니다.

하지만 우리는 사랑보다 더 큰 사랑을 했습니다.

나와 애너벨리.

그 사랑에 하늘나라의 날개 달린 천사들도

그녀와 나를 부러워했습니다.

이런 이유에서, 오래전

바닷가 그 왕국에서

바람이 구름에서 불어닥치며

내 아름다운 애너벨리를 꽁꽁 얼려버렸습니다.

그래서 그녀의 신분 높은 친척들이 와서는

내게서 그녀를 데려갔고

무덤에 가둬버렸습니다

바닷가 그 왕국에서.

(중략)

달이 빛날 때마다 나는

아름다운 애너벨리를 꿈꿉니다.

별들이 떠오를 때마다 나는

아름다운 애너벨리의 밝은 눈동자를 보는 듯합니다.

따라서 밤마다 나는 내 사랑, 내 사랑

내 생명, 내 신부의 옆에 누워 지냅니다.

바닷기 그곳 무덤에서

출렁이는 바닷가 그녀의 무덤에서.

그런 사람이 있죠. 만나면 종소리가 나는 사람······. 장소도 그런 곳이 있어요. 제 고향 표선의 백사장이 바로 그곳입니다. 그곳에 들어서면 가슴에서 맑은 종소리가 나는 듯합니다.

〈애너벨리〉를 읽을 때마다 저는 우리 고향을 떠올립니다. 10만 평이나 되는 백사장은 발길 안 닿은 곳이 없고, 구멍이 숭숭 뚫린 새까만 현무암 바위를 기어 다니는 갱이'게'의 제주도 방언와 풀잎 속을 기어 다니는 개암지'개미'의 제주도 방언와도 대화를 나눌 정도였어요. 그곳은 나의 서정의 왕국이었어요. 그곳에서 내 피부가 여물었고, 그곳에서 내 감성이 자랐어요.

5년 전 여름이었어요. 엄마와 백사장을 거닐다가 아담한 도서관을 발견했지요.

'이런 곳이 있었다니!'

도서관 입구에 큰 현수막이 걸려 있었어요.

　　오늘의 나를 있게 한 것은 우리 마을의 도서관이었다.

　　_빌 게이츠

현수막을 보고 고개를 끄덕이며 도서관 로비에 들어서니 유럽의 어느 작은 마을 도서관에 들어온 것처럼 분위기가 아늑하고 편안했어요. 워낙 책 읽는 것을 좋아하시다 보니, 엄마도 도서관에 있는 책들을 보고는 좋아서 어쩔 줄 모르셨지요.

그날 일본 작가 오가와 요코가 쓴 《박사가 사랑한 수식》이라는 책을 빌려왔죠. 엄마는 그 책을 읽고는 건망증과 치매에 대해 두려워하셨어요.

"만약 이 책 주인공처럼 내가 기억을 잃어버리면 어쩌지?"

이렇게 걱정하시길래 "엄마처럼 책을 많이 읽는 사람은 그런 일 없어요."라고 말씀드렸지요.

그런데 이제 그 책 주인공처럼 엄마는 한 시간 전의 일을 기억하지 못하시네요. 오래전 이야기는 기억하시는데 어제, 그제, 오늘, 몇 시간 전의 일은 기억을 못하시네요.

엄마, 그래도 오빠와 우리 자매들을 나란히 세워놓고 이름 대보라고 하면 영락없이 기억해 주시니 그것만으로도 고맙습니다.

그런데 두려워요. 엄마의 기억이 다 없어져서 언젠가 저도 못 알아보시면 어쩌죠?

엄마, 〈애너벨리〉를 함께 읽는 이 시간, 시가 참 좋다고 미소 짓는 이 시간을 잊지 말아주세요.

내 마음을 아실 이

_ 김영랑

내 마음을 아실 이
내 혼자 마음 날같이 아실 이
그래도 어디나 계실 것이면

내 마음에 때때로 어리우는 티끌과
속임 없는 눈물의 간곡한 방울방울
푸른 밤 고이 맺는 이슬 같은 보람을
보낸 듯 감추었다 내어드리지

아! 그립다
내 혼자 마음 날같이 아실 이
꿈에나 아득히 보이는가

향 맑은 옥돌에 불이 달아
사랑은 타기도 하오련만
불빛에 연긴 듯 희미론 마음은
사랑도 모르리, 내 혼자 마음은

정
림

어린 시절의 단상 중에는 엄마가 아버지를 위해 밥 짓는 모습들
도 떠올라요. 고기 좋아하는 아버지를 위해 엄마는 아침부터 숯
불을 피워 석쇠에 불고기를 굽곤 하셨지요. 아버지가 이른 아침
출장 가는 날이면 새벽부터 참기름 냄새가 고소하게 풍겨오곤 했
어요. 새벽에 입맛이 없는 아버지가 요기하고 가시도록 엄마는
계란에 참기름을 풀어넣어 반숙을 하셨더랬죠.

아버지를 위해 밥을 지어 내놓던 엄마 모습을 회상할 때마다 밥
상은 엄마의 사랑 고백법이 아니었나 생각합니다.

아버지가 잘나갈 때에도, 아버지가 어떤 일에 실패를 할 때에도,
아버지와 의견이 안 맞을 때에도, 아버지가 엄마를 실망시킬 때
에도 엄마는 한결같이 아버지를 존경하고 사랑하셨지요. 그런 엄
마의 인생에서 나는 조금이나마 사랑법을 배우고 있어요.

사랑은 힘든 그의 곁에 오래오래 머물러줄 수 있는 마음이라는
것을, 아플 때, 어둠 속에 있을 때, 나락에 빠져 있을 때 그의 곁에
서 조용히 지켜보며 함께 아파할 줄 아는 마음이라는 것을, 그가
비로소 어둠의 터널에서 빠져나왔을 때 환한 꽃다발을 안겨줄 줄
아는 마음이라는 것을 엄마에게서 배웠어요.

어디로

_ 박용철

내 마음은 어디로 가야 옳으리까.
쉬임없이 궂은비는 내려오고
지나간 날 괴로움의 쓰린 기억
내게 어둔 구름 되어 덮이는데

바라지 않으리라던 새론 희망
생각지 않으리라던 그대 생각
번개같이 어둠을 깨친다마는
그대는 닿을 길 없이 높은 데 계시오니
아 ― 내 마음은 어디로 가야 옳으리까.

정연

늘 기대고 살던 사람이 먼저 떠나버렸을 때 갑자기 등 뒤에 있던
산이 와르르 무너지고, 갑자기 산소 공급이 중단된 느낌이라고
하죠. 아버지가 갑자기 떠나셨을 때 어머니 얼굴이 그러셨어요.
겨울바람에 창호지 떨듯 바르르 떠시던 엄마의 눈망울은 슬픔 덩

어리였지요.

그때는 엄마를 보호해야겠다는 마음밖에 들지 않았어요. 세상 그 어떤 것도 보이지 않았고, 그저 엄마를 감싸고 지켜야겠다는 생각밖에 들지 않았어요. 엄마의 눈물에 심장이 틀려 나오는 느낌이 전해져 왔으니까요.

같은 지붕 아래 일상을 오래오래 같이하던 사람을 한순간에 잃어버린 후 맞아야 했던 것은 또 하나의 공포인 고독이었습니다. 모든 것을 아버지에게만 의지하여 살던 엄마였으니 더욱 세상에 혼자 내던져진 기분이었을 거예요.

고독은 형벌이라고 하죠. 그 천형 같은 외로움에 아침 녘 전화벨 소리가 얼마나 반가웠을지요. 쪼르르 달려와 주는 자식이 있다면 얼마나 즐거운 일인지요. 그런 '쪼르르 자식'이 되고 싶지만 비행기 타고 가야 하니 한 달에 한 번밖에 못 뵈네요.

올 한 해도 엄마를 뵈러 가는 비행기 예약으로 시작했어요. 이번에도 가면 꼬옥 껴안아드릴게요. 정림이랑 같이 발마사지도 해드릴게요. 엄마를 뵈러 가는 길이 설렙니다.

엄마는 그래도 되는 줄 알았습니다

_ 심순덕

엄마는

그래도 되는 줄 알았습니다.

하루 종일 밭에서 죽어라 힘들게 일해도

엄마는

그래도 되는 줄 알았습니다.

찬밥 한 덩이로 대충 부뚜막에 앉아 점심을 때워도

엄마는

그래도 되는 줄 알았습니다.

한겨울 냇물에서 맨손으로 빨래를 방망이질해도

엄마는

그래도 되는 줄 알았습니다.

배부르다 생각 없다 식구들 다 먹이고 굶어도

엄마는

그래도 되는 줄 알았습니다.

발뒤꿈치 다 헤져 이불이 소리를 내도

엄마는

그래도 되는 줄 알았습니다.

손톱이 깎을 수조차 없이 닳고 문드러져도

엄마는

그래도 되는 줄 알았습니다.

아버지가 화내고 자식들이 속 썩여도 전혀 끄떡없는

엄마는

그래도 되는 줄 알았습니다.

외할머니 보고 싶다

외할머니 보고 싶다 그것이 그냥 넋두리인 줄만—

한밤중 자다 깨어 방구석에서 한없이 소리 죽여

울던 엄마를 본 후론

아 !

엄마는 그러면 안 되는 것이었습니다.

정림

제가 일곱 살 때, 홍역을 호되게 앓았죠. 엄마는 한밤중에 고열에
시달리는 저를 업고 병원으로 달려갔어요. 정말 지독한 홍역이었
어요.

어렵게 치료하여 홍역은 나았는데 그 후유증으로 눈꺼풀이 닫혀
버렸죠. 의사의 청천벽력 같은 선고를 받아야 했어요.

"따님의 눈이 멀 수도 있습니다."

그날 밤, 저는 엄마가 흐느끼는 소리를 듣고 잠이 깼어요.

"눈이 멀게 된다니, 이게 무슨 날벼락이에요? 안 돼요. 내 딸이 장
님이 된다니, 절대 안 돼요."

엄마는 제가 깰까 봐 낮은 소리로 흐느끼고 있었어요.

그 후 엄마와 아버지는 저를 둘러업고 이 병원 저 병원으로 다녔어요. 부모님의 그 정성으로 제 눈은 멀지 않았고, 좋은 시력으로 아직까지 글을 써서 먹고산답니다.

육남매를 키우면서 엄마가 흘린 눈물이 얼마나 됐을까, 차마 짐작조차 할 수 없습니다. 엄마의 낮은 흐느낌 소리는 그 후에도 몇 번이나 반복되었으니까요. 가지 많은 나무에 바람 잘 날 없다고 자식들이 돌아가며 속을 썩였고, 엄마의 가슴은 저리고 아리고 맵고 짜고…… 가슴으로 고추장을 몇 말이나 담가야 했을까요.

잘나가는 자식보다 슬프고 아픈 자식에게 더 마음을 쏟았던 엄마…… 엄마의 눈에서 가장 많은 눈물을 뽑은 자식을 꼽으면 저도 들어갈 거예요.

맘대로 슬퍼할 수도, 맘대로 아플 수도 없었던 엄마의 인생……. 엄마는 아프면 안 되고 슬퍼하면 안 되는 이유를 짊어지고 살아오셨어요. 그래서 엄마는 강한 사람이에요. 원래 힘이 센 게 아니라 어쩔 수 없는 힘을 가지게 된 것입니다.

떠나고 싶어도 이곳이 좋다며 머무는 당신, 아파도 아프다고 말 못하고 힘을 내보는 당신, 힘들어도 힘들다고 내색하지 못하고 웃는 당신. 이 세상의 엄마들은 그렇게 슬프지만 아름다운, 삶의 진정한 강자입니다.

길

_ 윤동주

잃어버렸습니다.
무얼 어디다 잃었는지 몰라
두 손이 주머니를 더듬어
길게 나아갑니다.

돌과 돌과 돌이 끝없이 연달아
길은 돌담을 끼고 갑니다.

담은 쇠문을 굳게 닫아
길 위에 긴 그림자를 드리우고

길은 아침에서 저녁으로
저녁에서 아침으로 통했습니다.

돌담을 더듬어 눈물짓다
쳐다보면 하늘은 부끄럽게 푸릅니다.

풀 한 포기 없는 이 길을 걷는 것은
담 저쪽에 내가 남아 있는 까닭이고,

내가 사는 것은, 다만
잃은 것을 찾는 까닭입니다.

윤동주 시인을 생각하면 저는 왜 엄마가 생각날까요? 윤동주 시인의 시가 맑아서 그런가 봐요. 꾸밈없이 햇살 한 자락, 별 하나처럼 우리를 우러르게 하는데, 우리에게는 엄마가 윤동주의 시처럼 숭고해요.

세상의 엄마들은 자식 생각을 가끔 쉬고, 세상의 자식들은 엄마 생각을 가끔 한다고 하죠. 저도 그래요. 바쁘다고 엄마 생각은 가끔만 하며 살아왔어요.

그런데 엄마가 요양원에 가시면서 이제는 엄마 생각에서 자유로울 수가 없어요. 늘 엄마 생각에 가슴 저밉니다.

정연

엄마는 저에게 별입니다. 슬플 때 쳐다보는 별, 그리울 때 생각하는 별입니다.

내 신발에 자갈이 가득하니 별을 볼 수 없음이 안타깝습니다. 그래도 한 달에 한 번 신발의 자갈 털듯이 현실에 쌓인 일들을 털어버리고 요양원으로 엄마 뵈러 가는 길이 행복합니다.

이렇게 시를 한 편씩 읽어드리고, 엄마가 노래하시는 것을 들으며 녹음도 하고 웃고 얘기하는 시간, 그 시간이 정말 행복합니다.

윤동주의 이 시처럼 엄마에게 앞으로의 나날은 잃은 것을 찾는 의미일지도 모르겠습니다.

한순간 한순간 행복하셔야 합니다.

나는 하느님께 기도했다

나는 간구했습니다. 뭔가를 이루어낼 수 있도록
나에게는 약한 몸이 주어졌습니다. 순종하는 법을 겸손히
배우도록.

나는 건강을 간구했습니다. 더 위대한 일을 해낼 수 있도록
나에게는 병이 주어졌습니다. 더 의미 있는 일을 하도록.

나는 부유함을 간구했습니다. 행복하게 살 수 있도록
나에게는 가난이 주어졌습니다. 현명하게 살도록.

나는 재능을 간구했습니다. 사람들에게 칭송을 받을 수 있
도록
나에게는 열등감이 주어졌습니다. 하느님의 필요성을 느끼
도록.

나는 모든 것을 간구했습니다. 삶을 즐길 수 있도록
나에게는 삶이 주어졌습니다. 모든 것을 즐기도록.

나는 간구한 어떤 것도 받지 못했습니다
하지만 나에게 필요한 모든 것을 받았습니다.

나 자신도 모르게,
내가 말하지 않은 모든 기도가 응답받았습니다.

세상 모든 사람들 중에서
나는 가장 축복받은 사람입니다.

정
림

이 시를 누가 썼는지는 정확히 알려져 있지 않지만, 시인이 "모든
사람들 중에서 나는 가장 축복받은 사람"이라고 말하는 부분이
큰 울림을 줘요.
이 시를 읽다가 고개를 숙였습니다. 가진 것을 헤아리지 않고 없
는 것만 아파하는 제가, 더 이루지 못함을 속상해하는 제가, 더 힘
이 세지 못한 것을 안타까워하는 제가 부끄러웠습니다.

인간의 정신은 얼마나 나약한지요. 너무 빨리 뭔가를 이룬 사람 가운데 오만한 사람이 참 많더라고요. 자신의 성취를 우쭐대며 자랑하고, 그러지 못한 사람을 배려하지 못하더라고요.

아주 작게 이룬 것 하나를 가지고 어깨가 올라가려고 할 때면 저는 엄마를 생각해요. 언젠가 엄마가 그러셨지요. 옛날 선조들은 집 안에 뭔가 귀중한 것을 사서 들여도 손님이 찾아오면 행여 손님이 그것을 볼까 봐 이불로 덮어두었다고요. 과시하고 뽐내려는 마음처럼 어리석은 게 없다고요. 자식 자랑, 재산 자랑, 성공 자랑을 조심하고 언제나 겸손하라고요.

성취보다 겸손을, 건강보다 감사하는 마음을, 돈보다 행복을, 재능보다 외경심을 더 추구해야 한다는 것을 이 시를 통해 다시 배웁니다.

아직은 비틀거리고 있지만, 방향을 잃어버리지 않고 있어요. 걸음도 조금씩 안정을 찾아가요. 이제는 걱정을 내려놓으세요. 평생 자식 걱정하셨는데 지금까지도 걱정만 하고 계시면 어떡해요? 서 살 살게요. 제 걱정 이제는 하지 마세요.

연꽃

_ 하인리히 하이네 Heinrich Heine

찬란한 햇살에
연꽃은 두려워하며
고개를 숙인 채
꿈을 꾸듯 밤을 기다린다.

달은 연꽃의 연인
달빛으로 연꽃을 깨우면
연꽃은 행복하게
애정 어린 얼굴을 달에게 드러낸다.

연꽃이 활짝 피고 환히 빛나며
말없이 하늘을 올려다본다.
연꽃은 사랑과 사랑의 고통으로
향내를 발산하며 눈물짓고 바르르 떤다.

정연

이 시는 독일의 시인인 하이네_{1797~1856}가 썼어요. 낭만파 서정 시인으로 잘 알려져 있지만, 하이네는 독일 제국주의에 대항하며 인간성을 옹호하는 풍자시를 쓴 시인이기도 해요.

> 내 관 위에 꽃을 놓지 말고 칼을 놓아달라.
> 나 또한 인류의 해방을 위한 싸움에 나섰던
> 병사였음을 보여주기 위해

이렇게 저항 정신이 담긴 유언도 남겼답니다.

그런데도 시는 참 감성적으로 와 닿는 것, 그게 하이네의 시예요. 매력적인 시들이 참 많아요.

저는 자신의 욕망에만 충실하고 사회에 대해서는 나 몰라라 하는 남자보다는 대의를 위해 사는 남자가 좋아요.

이 시 제목이기도 한 '연꽃'은 저와는 더 특별한 인연이 있지요. 제 이름 '정연'에서 '정鄭'은 돌림자이고, '연蓮'은 '연꽃 연'이잖아요. 그러니까 제 이름은 '연꽃'인 셈이에요.

외할아버지가 지어주신 소중한 이름인데, 주민등록에는 잘못 올라가 있었어요. '연蓮'이 아닌 '연淵'으로요. 그런데 '못 연'도 나쁘지 않더라고요. 연못이라는 의미니까 제 원래 이름과 통하는 것 같아서 그냥 쓰고 있답니다. 외할아버지가 붓글씨로 우리 이름과 태어난 시를 써서 남기지 않았다면 몰랐을 이야기지요.

연못, 연꽃, 연잎을 저는 다 좋아해요. 제 이름이기도 하지만, 연잎은 비워내야 산다는 이치를 보여주잖아요.
법정 스님 에세이에 나오는 것처럼 초여름 비 오는 날이면 커다란 우산을 받쳐 들고 연잎들이 비를 받고 비워내는 모습을 종종 보러 갑니다. 연잎은 빗방울을 받아내다가 어느 정도 고이면 스스로 비워내죠. 그렇지 않으면 잎이 찢기니까요. 그런 과정을 거치고 피워내는 연꽃은 또 얼마나 숭고한지요.

제가 가장 소중한 물건들을 모아둔 상자가 있는데요, 그 이름이 '연못'이에요. 제 연못의 보물 1호는 독일에서 지냈을 때 엄마가 음식을 소포로 보내면서 그 안에 넣어서 보내주신 편지랍니다.

정연아, 너희들이 간 곳이 어디냐.
멀고 먼 타국에서 의견 충돌하는 일이 없도록
서로 이해하며 참으며 행복하게 살다 오거라.

엄마가 항상 너희에게 말하지?

행복이란, 하늘에서 떨어지는 게 아니고 만드는 것이라고.

1992. 1. 22
지하로부터

그 편지와 함께 엄마 냄새가 나던 여러 가지 음식들…… 독일에서 제가 얼마나 많이 울었는지 모릅니다. 그 기간이 저에게는 너무 힘들어서 새벽 5시부터 7시까지 아이가 자는 시간이면 버스를 타고 돌아다니다 집으로 오곤 했어요. 그때의 저를 버티게 해준 것은 엄마의 편지였습니다.

엄마는 정말로 저의 소중한 연못입니다.

웃어넘겨라

_ 헨리 러더퍼드 엘리엇 Henry Rutherford Elliot

경쟁에서 패했는가?

웃어넘겨라.

속임수에 넘어가 권리를 빼앗겼는가?

웃어넘겨라.

사소한 일을 비극으로 확대하지 마라.

엽총으로 나비를 잡지 마라.

웃어넘겨라.

일이 꼬이는가?

웃어넘겨라.

벼랑 끝에 몰렸는가?

웃어넘겨라.

그대가 찾는 것이 분별력이라면

웃음 이상의 비결은 없다.

웃어님겨라.

수업 시간은 하루 24시간,

수업료는 공짜,

입학식은 태어나는 순간,

졸업식은 이 세상을 하직하는 순간,

충분히 배우지 못하면 언제나 수업이 계속되고 반복되는 학교,

수업 과목은 사랑, 관계, 상실, 두려움, 인내, 용서, 행복 등.

이 학교는?

바로 우리가 사는 인생이에요. 인생은 살아도 살아도 모를 것투
성이고 배워야 할 것투성이니까요.

그중에서도 나쁜 상황을 받아들이는 공부가 가장 필요한 듯해요.
사랑하는 사람이 당신의 사랑에 보답하지 않는다고 해서 그 사
랑을 강요할 수는 없겠지요. 지금 이 순간 병을 앓고 있다고 해도
그것을 당장 고칠 수는 없어요. 내 꿈이 이루어지지 않는다고 해
서 신에게 대들 수도 없어요. 나쁜 상황은 우리를 불행하게 하지
만, 그 사실 자체를 바꿀 수는 없어요.

그런데 남은 인생은 멋지게 살 수 있지요. 누군가가 나를 사랑하
게 만들 수는 없지만, 소중한 시간과 열정이 낭비되는 것을 막을

수는 있어요. 병을 사라지게 할 수는 없지만 그렇다고 삶이 끝난 것은 아니에요.

엘리엇의 시를 보니, 나쁜 것 속에서도 웃어버리라고, 슬퍼도 웃고 화가 나도 웃고 억울해도 그저 웃어버리라고 하네요. 그 말은 곧 나쁜 것들 속에서 좋은 것을 발견하라는 얘기겠지요.

엄마, 하루라는 삶이 우리에게 온 것은 또 하나의 기회가 왔다는 것이고 즐거운 놀이터에 도착했다는 뜻이에요. 지금 이 시간, 오늘이라는 하루는 신의 선물이에요.
그런데 어떤 이는 그 선물을 풀어보지도 않고, 또 어떤 이는 기쁜 마음으로 풀어보고 그 선물을 누리지요.

살아 있는 지금 이 순간, 오늘 하루라는 신의 선물이 우리에게 도착했어요.
엄마, 오늘노 우리 행복하기도 해요.
엄마 딸 지금 웃고 있어요.
엄마, 웃으세요.

엄마한테 읽어주는 시와 에세이

엄마,
우리 힘들 때 시 읽어요

초판 1쇄 발행 2015년 4월 27일
초판 4쇄 발행 2017년 5월 2일

지은이 | 송정연 송정림
그린이 | 류인선
옮긴이 | 강주헌
펴낸이 | 한순 이희섭
펴낸곳 | (주) 도서출판 나무생각
편집 | 양미애 양예주
디자인 | 오은영
마케팅 | 박용상 이재석
출판등록 | 1999년 8월 19일 제1999-000112호
주소 | 서울특별시 마포구 월드컵로 70-4 (서교동) 1F
전화 | 02) 334-3339, 3308, 3361
팩스 | 02) 334-3318
이메일 | tree3339@hanmail.net
홈페이지 | www.namubook.co.kr
트위터 ID | @namubook

ISBN 979-11-955094-2-3 03810